花的故事

〔日〕立原绘里香 著　本尚子 插图　张建林 译

花语 *Hua de Gushi*

广西科学技术出版社

图书在版编目（CIP）数据

　　花的故事 . 花语 /（日）立原绘里香著；张建林译. —南宁：
广西科学技术出版社，2012.5（2020.6 重印）

　　ISBN 978-7-80619-886-5

　　Ⅰ．①花… Ⅱ．①立… ②张… Ⅲ．①儿童文学—神话—
作品集—世界 Ⅳ．① I18

　　中国版本图书馆 CIP 数据核字（2012）第 117524 号

花的故事　花语
HUA DE GUSHI HUAYU
［日］立原绘里香　著　本尚子　插图　张建林　译

责任编辑 罗煜涛		**封面设计** 潘爱清	
责任校对 杨红斌		**责任印制** 韦文印	

出 版 人　卢培钊
出版发行　广西科学技术出版社
　　　　　　（南宁市东葛路 66 号　邮政编码 530023）
印　　刷　永清县晔盛亚胶印有限公司
　　　　　　（永清县工业区大良村西部　邮政编码 065600）
开　　本　700mm×950mm　1/16
印　　张　15
字　　数　137 千字
版次印次　2020 年 6 月第 1 版第 5 次
书　　号　ISBN 978-7-80619-886-5
定　　价　32.00 元

本书如有倒装缺页等问题，请与出版社联系调换。

1月

雪花莲

愉快的喜讯
求友

2月

樱草

盼春
早春的悲伤

3月	4月
紫罗兰	雏菊
诚实 节制	与你同心

5月

铃兰

幸福的回转

6月

玫瑰

爱情

7月	8月
睡莲	虞美人

纯洁的心

安慰
无忧无虑

9月	10月
牵牛花	大丽花
与君结缘 变幻无常的爱	华美高贵 不安定

11月

菊　花

爱　你
真　诚

12月

刺叶桂花

护　你

花茶
色香味任由你自配

扎花束
可试着自配色调

室内香
欣赏一下它的芳香吧

衣饰
别致的花制饰针

果酱
花制果酱将会是怎样的呢

可食用花
色泽鲜艳的沙拉如何

干花
干花之美是永恒的

出版者的话

　　山野里百花争妍,绚丽多姿,那招人喜爱的姿影无不打动人心。古往今来,各国都广泛流传着许多有关花的神话和传说。

　　你喜爱的花藏着什么样的秘密?平时不经意看到的花有哪些动听的传说?请打开《花的故事》丛书,与花的精灵一同进入花的世界吧!

　　这套书共有《春》《夏》《秋》《冬》和《花语》五本,是由日语翻译过来的优秀少年读物。丛书的故事按春、夏、秋、冬四季,精选世界各国有关花的神话和传说,并配有许多浪漫、精美的卡通插图,爱花的你将从每个美妙动听的故事和花的温馨蕴意中聆听到花那低低的内心私语。

广西科学技术出版社

花 的 故 事 · 花 语

目　录

花的故事·花语

花的故事·花语

花的故事·花语

花的故事·花语

花的故事·花语

花
的
故
事
·
花
语

扁　桃

愚昧永恒的善良

　　托拉奇亚王国的女王菲丽丝每天都要到海边眺望大海，她在等待着情人狄莫费恩乘船到来。狄莫费恩曾许愿说他一定会回来与女王结婚，但女王始终再未见到他的身影。

　　因为，回到了故乡的狄莫费恩已经把心交给了另一个姑娘，他早已把菲丽丝忘记了。

左等右等都不见心上人，菲丽丝在绝望中变成了一棵扁桃树。若干年后，对自己的所为后悔不已的狄莫费恩来到了托拉奇亚王国，决心找到那棵扁桃树。后来他终于找到了女王的化身，并向她赔罪。据说变成了扁桃树的女王还是和从前一样善良，当时立刻开了一朵粉红色的花，意思是"我原谅你了"。扁桃也就是巴旦李，人们平时吃的只是果核，因为它的果肉比较酸，所以吃不了。

花 的 故 事 · 花 语

燕子花

恋爱的信号或喜讯

伊里斯是彩虹女神。身为大神宙斯和女神赫拉的使者，伊里斯的背上长着金色的翅膀，并且专门为众神和人们传递消息。每当她从天上下来时，打前阵的彩虹总是把天空装饰得十分美丽，脚踏七色彩虹走下来的女神所带来的多半是有关恋爱的信号，或是有关别的喜讯。

燕子花的花语无疑是彩虹和花的结合。在日本，人

们也管燕子花叫蝴蝶花，它一般在令人心旷神怡的有彩
虹的季节里才会盛开。

愈伤止痛

　　磕碰到硬的器物会造成伤害，严重时伤口还会肿起
来，但只要把燕子花的花瓣整晚敷在患处便可缓解疼痛。
燕子花的根部有愈伤止痛的作用，过去人们习惯把它作
为护身符佩带在脖子上。

洋 槐

精神恋爱高雅

　　从前，美洲的印第安人不懂得怎样用语言来表达爱情，他们实在说不出"我爱你"，于是他们便用早春里盛开的洋槐来表达爱意。每当小伙子含情脉脉地把花枝递上，羞涩的姑娘就会红着脸接过来。

　　洋槐在法国叫做含羞草，而印度尼西亚和泰国等地的人们则叫它金淋浴。洋槐是一种华丽耀眼的花，从外

表上看，它和含蓄的精神恋爱似乎联系不上，但是感情越含蓄，恋爱或许就越火热，越美好。高雅是这种红色花朵的花语。

糕点的装饰

黄色的圆圆的洋槐果脯常被用作春季糕点的装饰。蜜蜂尤其喜爱洋槐花，因此洋槐蜜要比其他蜂蜜昂贵。

花的故事·花语

麻

命运必需品

　　传说从前欧洲的姑娘们通常在一年一度的盛典中寻找自己未来的丈夫。半夜里姑娘们在教堂周围一边撒着麻籽，一边大声祈求"你快出来吧！"当她们虔诚地祈求完毕，转过头来时所看到的人就是自己未来的夫君。

　　虽然看到的只是个幻影，但是姑娘们坚信总有一天会见到他。如果回过头来谁也没看到，那么姑娘这一年就

不能成婚；倘若回头看到了棺材，那么姑娘这一辈子也不会找到自己所爱的人了。所以，每当她们大声祈求"你快出来吧!"，并回头张望时，心里是多么紧张啊!

麻有许多用途，最常见的是把麻制成绳索。由于古时候死刑台上的缆索也是用麻做的，因此"命运"便是它的花语。

花 的 故 事 · 花 语

牵牛花

变幻无常的爱，与君结缘

牵牛花是日本夏季的代表花，只要牵牛花集日一开市，就意味着夏天来了，这时商人们纷纷出售印有牵牛花图案的浴衣。

小学生们喜欢种牵牛花，看着它一天天长出绿芽来。因为它生长很快，所以是写日记的绝好素材。

牵牛花的原产地是喜马拉雅地区。

"牵牛花藤缠不累，只得人家取水来"是日本诗人加贺千代女有名的俳句，意思是打水的水桶投到深井里后被牵牛花藤缠扯不清，无奈只得到别人家去讨水。

牵牛花藤蔓延很快，在日本江户时代，人们的院子里随处可见牵牛花。由于牵牛花朝开暮谢，因此象征着"变幻无常"的爱；同时又因它的藤生性好缠，所以也有"与君结缘"之意。

自制颜料

记得小时候我曾经挤出牵牛花的浆液来自制颜色水：在杯子里装点水后拼命挤榨牵牛花，这样杯子里的水便有了一层淡淡的色彩。

牵牛花的颜色和它的花期一样，瞬间即逝。即使花的浆液沾上衣服也不会留下痕迹，放到嘴里亦不会中毒，因此可以放心玩耍。牵牛花是纯洁善良的孩子们的好朋友。

花的故事·花语

花语的缘由

不知"花语"一词最先是由谁发明的。追溯源头，赠花的习俗在希腊神话时代里便常常能看到。花语所起的只是一种象征性的作用，如人们为奥林匹克运动会的优胜者赠送的月桂树花冠象征着胜利的光荣，而与美的女神维纳斯同时诞生的玫瑰则是美的象征。

在欧洲，"花语"从1840年起开始流行，并且还出版了许多有关的书籍。凯特·格里纳威于1878年出版的《插图花语》就是其中的代表作之一。

人们往往会以为无论是"花的故事"还是"花语"，最早都起源于欧洲，其实不然。它们最先起源于东方的土耳其、印度、泰国以及印度尼西亚等国。例如荷花在印度代表美丽少女的眼睛，而在泰国则表示佛的座花。这些国家的气温普遍要比欧洲高得多，一年四季花都在不停地开着，也正因为这样，有时它们才没有得到足够的爱惜。比起东方国家里随处可见的玫瑰、百合以及兰花来，欧洲那些动辄就要送到温室保温的花要显得高贵几分。

也正因为这样，欧洲才有了更多花的故事和"花语"。

虽然世上并没有衡量"花语"的统一尺度，但在欧洲也许是由于黄色意味着不祥的缘故，人们一般不给黄色的花赋予任何意义。

花 的 故 事 · 花 语

蓟

独立怨言家

从前，丹麦军队曾一度入侵苏格兰。丹麦士兵们被蓟刺中，痛得大声喊叫，苏格兰军队闻声追赶，直至把敌人赶出去。从此蓟就成了苏格兰的国花，它代表"独立"，也象征着保卫了祖国。而"怨言家"则间接地由蓟的针刺颇似伤人的恶语而来。这样，为了庆贺独立而赠送给他人的蓟花，往往有时也被人误解为赠花人在发泄

不满而出现令人发窘的情形。

驱除恶魔

虽然蓟的花特别美，可它不太讨人喜欢，因为它会破坏田间地头的规整，并且还会伤害行人和家畜。欧洲的农夫们对蓟深恶痛绝，常常叫嚷要"把蓟通通拔光"。然而如果把蓟放在门口，它却可以为你驱除恶魔。

花 的 故 事 · 花 语

芦 苇

音乐后悔

人头羊身的牧神潘不知从何时起喜欢上了绪任克斯，然而性格内向的绪任克斯却总是躲避，因为她不能想象谈恋爱以及被潘拥抱是什么滋味。最后实在无处可逃，她就变成了芦苇。

"我真不该对她那样穷追不舍。"

潘后悔万分，但是可爱的绪任克斯已经无法再变回来了，她只能随风摆动她那柔软的身姿。

　　于是潘就用芦苇制成笛子，无论走到哪里都笛不离手。笛声是那么的悠扬动听，人们无不被他怀念绪任克斯的优美笛声所打动。

花的故事·花语

八仙花

见异思迁，冷淡的人

19世纪初叶，日本长崎有位名叫西伯尔特的学者，他是德国籍的医生，却非常喜欢日本的八仙花。他回德国后出版了《日本植物志》一书，书中对14种八仙花做了详细的介绍，其中的一种花体较大，而且酷似晴空万里的蓝天，于是他便以自己的日本情人的名字为其取名，叫"阿泰纪桑"。

八仙花的花期较长，在此期间花会不断地改变颜色。当看到它从蓝色变成粉红，然后又变成白色时，你一定会觉得很有趣。

　　"冷淡的人"主要是就它那蓝得透明的颜色而言。雨中的八仙花清爽诱人，同时又略带几分不可接近的傲气。

花的故事·花语

翠　菊

变化

　　翠菊并非是耀眼夺目的花，走近它细看，你会发现它那重叠的花瓣有一种耐人寻味的美。虽然很难数清它的花瓣究竟有多少片，但无数的花瓣会让人联想到像是灿烂的星光向四面八方传送着迷人的微笑。

　　翠菊的颜色有三种，白色表示"你要相信我"；蓝色表示"我虽然相信你，但是还是有点疑惧"；而略带紫色的粉红色则意味着"我比你想我更想你"。因此，花语"变化"主要从它的颜色而来。不同的国家有不同的别致动听的名字，在德国它叫做"星花"，而在日本则是"紫苑"。

浪漫的花语

　　如果你一边念着"他爱我""他不爱我"，一边一片一片地撕下花瓣，最后剩下的花瓣就是答案。等待情人的姑娘喜欢一人跑到原野去问"他来?"或"他不来?"，而想结婚的适龄姑娘则问"今年""明年""后年"

"早晚一定会"及"不结婚"等，方法虽然简单，但是随着花瓣的减少，心里也会紧张起来。

翠菊的同族姐妹雏菊也是人们问花时常用的。在欧美国家叫玛格丽特（音译，意为"雏菊"）的女孩子特别多，而在德语里则叫玛嘉瑞特，大文豪歌德的作品《浮士德》中的少女就叫此名。与浮士德相爱的玛嘉瑞特曾经拿着一束花给自己算命，毫无疑问，她手里拿着的就是雏菊。

敦盛草

战胜我你就穿吧

　　日本的年轻武士敦盛在峡谷里战败后准备撤离，但不幸被源方家族的武将熊谷直实击毙。

　　为了纪念这位年仅 16 岁的少年，人们将当地的一种无名草起名为敦盛草。它的花略呈紫色，并且花形颇似武士铠甲上的装饰，敦盛草一名便由此得来。

　　敦盛草的花形还比较近似欧洲妇女穿的一种木屐或

拖鞋。因此，"战胜我，你就穿吧"的花语便源于此，意思是如果你比我强，即使被你"穿了"也没关系，但反过来也可解释为"未经我认可你就别想穿"。其花语既源于武士被人打败的典故，又来自它与"女装拖鞋"的联系。敦盛草无疑是一种适合成人女性的高傲自豪的花。

花 的 故 事 · 花 语

桂莲花

妒忌的牺牲品，忍耐中的等候

　　花神芙洛拉的侍女阿耐莫乃是个可爱的漂亮姑娘，风神泽伏犹罗斯深深地爱上了她。

　　深爱着泽伏犹罗斯的芙洛拉妒火中烧，一气之下把阿耐莫乃赶了出去。虽然泽伏犹罗斯十分伤心，但是却不敢当面与芙洛拉抗争。

"如果我去爱已经变成了花的阿耐莫乃，花神总不会再说什么了吧。"

　　泽伏犹罗斯想着，就把阿耐莫乃变成了一束花，阿耐莫乃就这样成为女神妒忌的牺牲品。

　　在希腊语中，阿耐莫乃意为"风之花"，它多生长在通风的地方，并且一般都是在春风的吹拂下才开花的。在漫长的寒冬中耐心等待，一旦温柔的春风开始吹拂，阿耐莫乃（其中文名称为"桂莲花"）就吐出花蕾。直到今天它仍然是泽伏犹罗斯最心爱的花。

花的故事·花语

孤庭花

光彩照人的美

孤庭花在欧洲也叫颠茄百合，"颠茄"的英文意思是美丽的妇人。而孤庭花在希腊文中则为灿烂辉煌之意，因为它开花时的确艳丽多彩，犹如高贵的夫人。

冬末春初，人们在花店里会见到孤庭花的盆花，花商把已长出约莫 10 厘米绿叶的孤庭花摆在室内，它只须每天浇点水便可到初夏时节开花。

能给人一双水灵灵的大眼睛

孤庭花的提取液可用来美容，在眼里滴上一滴便可使你的眼睛明亮水灵，因此爱美的人都特别喜欢它。现在，医学界从孤庭花的花叶和根部提取一种叫做阿托品的成分来制眼药，阿托品具有放大瞳孔的效用，用它可使眼睛显得清澈明亮。

花的故事·花语

杏 子

疑惑，不屈不挠的精神

在中国，杏林指的是医生。古代，中国有一位名叫董奉的医生，他看病认真，一丝不苟，深受人们的尊敬。

"治疗费多少钱?"每当患者看完病后问他，他总是说:"你就种杏子树吧。"

杏子树在山道两旁随处可见。于是人们在董奉的院

子里也种上了杏子树，病情轻的患者种 1 株，病重的患者则种 5 株。不久，董奉的院子就变成了一片壮观的杏林。据说董奉还用杏仁来调配中药。

杏子的花语之所以为"疑惑"，是因为每当早春时节杏子开花时，人们总是会自问"春天真的来了吗?"而"不屈不挠"则是褒奖它那不畏严寒，傲然怒放的精神。"疑惑"的另一层意思是因为它和桃子相似，其实杏子的形状和桃子是不同的。

花的故事·花语

草 莓

幸福的家庭先见之明

北欧神话中的女神福丽伽是众神之神奥迪恩的妃子。一手掌握着青春、爱和死这三大选择权的福丽伽飞行时配上老鹰的翅膀，走路时要乘坐小猫拉的车，她最重要的任务就是把夭折的幼儿带回天堂。小棺材都是用草莓做的，或许是这个缘故，人们深信死婴的灵魂还宿留在草莓里，因此相当长一段时间，人们都不肯食用草莓。

圣母玛丽亚的圣服上印有草莓的图案；英国贵族的头冠上也配饰着草莓叶花纹，爵位高的贵族有八枚草莓叶花纹，随着爵位降低，草莓叶的数量也相应减少。

"幸福的家庭"可能来自于草莓本身那赤红可爱的果

实吧。每当结果前，草莓开的白花颇似白色的星星，当然它的果实更加耀眼夺目。

眼药

很久以前，人们喜欢用草莓的根叶浸泡的水来敷眼睛，因为他们相信这样可以明目。其实这是没有科学根据的。因此，"先见之明"的花语便来自于草莓泡的水能使眼睛明亮这一误解。

草莓水

鲜红的草莓无疑是餐桌上的常客。菜里只要加上一点草莓酱便会色泽艳丽，而草莓沙拉简直令人垂涎三尺，糕点上的草莓也是绝对不可少的。加碎冰的红色果子露也叫草莓水，这其实是有名无实，因为它并没有用草莓。

无花果

多产款待

很久很久以前，亚当和夏娃幸福地生活在伊甸园里。亚当是上帝创造的第一个男人，夏娃则是上帝创造的第一个女人，两个人身上什么都没穿。

"乐园里的果实你们可以随便吃，只有苹果是不能动的。"

尽管众神再三嘱咐，但有一天亚当和夏娃还是偷吃

了苹果，一气之下众神便把他们俩赶出了伊甸园。苹果是教人懂得恐惧和害羞的智慧之果。来到地面上，亚当和夏娃开始为自己一丝不挂、赤身裸体的身子感到羞愧，于是两人便用无花果的叶子来遮盖自己的胸部和腰部。

其花语的"多产"源于无花果的果实累累，而"款待"则是因为它无私地为善良正直的人提供阴凉的遮挡物。

花的故事·花语

梅 花

忠诚气度

　　日本平安时代有一位叫管原道真的学者，他不仅学识渊博，而且通晓时政，得到了民众的拥戴和赞誉，享有很高的社会地位。然而他却因此遭至某些人的妒忌和反感，后来被流放到远离都城的筑紫。

　　就在道真要出发的那天，院子里的梅树突然长出了

花蕾，道真对它们说："虽然我不在，可到了春天，你们还要开花哟！"道真话音刚落，有一根树枝突然自断并高高地升上了天空。原来这支梅预先飞到了流放地筑紫，在那里落地生根并开了花。它的花语由梅花这种思念主人的赤胆忠心及其高尚的气节而来。

道真后来被尊崇为学问之神。每当梅花盛开的时候，祭祀道真的天满宫总是被祈祷自己考试及格的考生挤得水泄不通。

花 的 故 事 · 花 语

火绒草

宝贵的回忆

在一座高陡的山上，住着一位美丽动人的少女。

"多么可爱，多么漂亮的姑娘啊！"

登山者们都忘不了那可爱的少女，都准备再次登山。可是由于风雪交加，路途艰辛，许多人从岩石上滑下去送了性命。

"快把我变成花吧！"

少女在祈求上苍。因为她想如果自己变成花，人们就看不到她了，就不会再有人为看她而献出自己的生命了。

少女的身影突然消失了，取而代之的是像星星一样的银光闪闪的花。

火绒草——这种只有在地势险峻的高山上才能看得到的花，总会在见过它的人们心里留下永恒而又美好的记忆。

花的故事·花语

金雀草

清洁，矜持

古时候有一个王子杀害了自己的哥哥，篡夺了王位。然而随着时光的流逝，忏悔之情在国王身上日益沉重起来，他心里只有一个声音："我要赎罪。"

国王为了赎罪，抛弃了王位和城堡，开始到各地祈祷，以求能够得到神的宽恕。他赤裸着双脚，手里拿着

一株金雀草的枝叶，嘴里不停地念着："饶恕我这个罪孽深重的人吧！"金雀草是自谦慎重的人的精神支柱。

魔女的扫帚

欧洲人习惯把金雀草的枝梗捆扎起来作为在家打扫卫生用的扫帚，而载着口念咒语的魔女飞上天的也是金雀草做成的扫帚。有相当长一段时间，不但咒语被遗忘，连金雀草做成的扫帚也不能在天空飞翔。

花的故事·花语

石 楠

孤独者

从前，苏格兰的皮克特人曾用满山遍野盛开的石楠来酿制啤酒。在岩石遍布、土地贫瘠的山野里能够生存的只有石楠，虽然它孤零零地只开一朵淡红色的花，但无论天气多么冷，它也从不枯萎。喝了用石楠那色彩明快的花酿制的啤酒后能令人心旷神怡。

后来，凯涅斯王发兵入侵苏格兰，虽然皮克特人进行了英勇顽强的抵抗，但他们的力量远不及凯涅斯王的军队。皮克特人在这场浩劫中幸存下来的只有酿造啤酒的父子俩。

"快把石楠啤酒的酿造法告诉我们，这样我就把你们

安排在我的手下。"

凯涅斯王开始劝导他们。

"不行！石楠啤酒是我们皮克特人的骄傲，我们岂能把它转给敌人？"

父子俩当场就回绝了凯涅斯王。无论遭到何种毒刑拷打，他们都没有屈服。凯涅斯王大怒，当着父亲的面杀害了儿子。这样一来凯涅斯王以为不久父亲就要招供，然而这位皮克特族父亲却义正词严地说道：

"我憎恨你！石楠啤酒是为充满爱心的人酿制的，你们这群豺狼休想得到它！"

就这样，这位父亲也追随儿子去了。由于酿酒的父子惨遭杀害，因此后人永远也无法知道这种啤酒是什么颜色的，当然就更不知道它的味道了。

车前草

足 迹

　　很久以前，在德国的一个村庄里住着一位非常美丽的姑娘，她每天都站在大道旁，等候着临别时曾经对她许愿的情人的归来。一年过去了，两年过去了，姑娘的情人还没有回来，但她从不灰心失望，因为姑娘坚信他总有一天会回来的。若干年后，姑娘变成了每年春天都开白花的车前草。

花 的 故 事 · 花 语

车前草不是只在一个地方扎根，它们到处落地生根成长，因此在德国几乎所有的道路旁都能看到，而且它们还蔓延到更远的地方。

　　如今在世界各国的道路旁处处可见茂盛的车前草，它们就好像日夜等待情人归来的姑娘为了找到自己久别的心上人，不辞辛劳地踏遍千山的足迹。

花的故事·花语

紫茉莉

疑惑之恋

紫茉莉的颜色是不太一样的，因为在同一株花中既有紫花，也有红花。

何谓"疑惑之恋"？这是因为人们不知道紫茉莉会开什么颜色的花。在法国人们称其为"夜里的美女"；而在英国则叫做"下午四点钟"，因为它大约在傍晚时才开。

总之，无论是下午还是夜里，它都给人一种成熟的色彩。紫茉莉生命力旺盛，几乎在任何地方都能够生根开花。

可用做化妆粉的花籽

紫菜莉的花籽里全是白粉。50 年前，女性一般都不在商店买化妆粉，而是用紫茉莉花籽的白粉来代替。因为商店里卖的化妆粉含铅，而紫茉莉花粉则更有光泽，并且十分适合皮肤。紫茉莉也许还是时下备受人们推崇的自然化妆品的始祖呢。

花的故事·花语

黄花龙芽

变幻不定的爱

在日本京都附近的放生川河畔住着一个小伙子。有一年秋天,他在街上遇到一位美丽的姑娘,小伙子对姑娘一见钟情,并向她求婚。

"咱们春天结婚吧。"

心里顿时充满幸福的姑娘立刻答应了。然而，随着寒风的到来，小伙子突然"失踪"了——原来他对姑娘已经厌倦了。

可怜的姑娘纵身跳入放生川河，结束了自己年轻的生命。后来她的坟头上开出的黄花就是黄花龙芽，花的形状十分酷似那位曾为变幻不定的爱情而绝望的姑娘。

消肿的良药

黄花龙芽的根晒干了便可成为中药，它能很快地消肿去胀，因此对于失恋后哭肿了眼睛的人来说，一定很有效。

橘 子

结婚的祝福

　　欧洲的姑娘们都十分想当"六月的新娘"。因为在欧洲，六月份不是梅雨季节，每天都风和日丽，洁白的橘子花也是在这个时节盛开的。

　　姑娘们深信，如果把橘子花戴在新娘的头上，将来她就一定会幸福。最先把馥郁芬芳的橘子花戴到新娘头上的是大神宙斯，而新娘子就是地位最高的女神赫拉。

可见从远古时候起橘子就是结婚的象征，新娘的婚纱用的就是橘子花那种洁白无瑕的颜色。

由于橘子是在开花的同时结果的，因此"繁荣"、"多子多福"也就成了它的花语，仿佛在祝福新婚夫妇要"好好过日子，建立起一个热闹又温暖的家庭"。

花 的 故 事 · 花 语

康乃馨

冤家对头（红色），蔑视（黄色），年轻的姑娘（白色），拒绝爱情（杂色），女性的爱（粉红）

康乃馨和玫瑰是两大名花，欧洲的妇女从古到今都非常喜欢它们。大概缘于此，它们的花语特别多，而且还被广泛地用于绘画或装饰之中。

玛尔格丽泰的悲哀

意大利的名门隆塞科家族的小姐玛尔格丽泰在新婚之夜送别了丈夫，玛尔格丽泰送给上前线的丈夫的是一株洁白的康乃馨，于是他把花戴在铠甲上作为护身符。然而不幸的是丈夫战死沙场，再没能回到妻子的身旁，

鲜血把戴在胸前的康乃馨染红了。出于对玛尔格丽泰的敬意，意大利的男子在出席宴会或正式的晚餐时，在西服领上总会别上一朵康乃馨。

母亲节的花

人们在母亲节里给母亲送康乃馨的习惯大约始于50年前。现在每逢五月的第二个星期日，孩子们都会怀着爱心把红色康乃馨献给母亲，"祝母亲健康"也就成为其花语。而母亲已经去世的孩子们则在母亲的坟前献上白色康乃馨，自然，它的花语代表着"缅怀在天国的母亲"。

治疗忧郁

古时候，欧洲人曾经用康乃馨的提取物来治疗忧郁症，调节情绪。现在则有用康乃馨的花来做沙拉的习俗。

大丁草

神 秘

　　人们在夏季互相赠送的花束中肯定少不了大丁草。近来花店的每一朵大丁草上总是蒙着一层像伞一样的塑料薄膜，据说这是为了保护它。然而蒙上这层塑料薄膜对花来说十分窒息，如果把薄膜拿掉，花就会更加生机盎然。

　　开花时大丁草仿佛是在向后弯腰，曲翘着把重重叠叠的花瓣展开，因此在日本人们把它叫做"花车"。大丁花有白色的、黄色的，还有粉红色的，而它的英文名gerbera 总给人一种深红色的感觉。玫瑰根据不同的颜色有着不同的花语，而大丁草就只有"神秘"这一种，这似乎和开花时它那多层次向外伸展的花形不太吻合，但也许它的花语主要是针对其颜色的不可知性而言。

花 的 故 事 · 花 语

· 51 ·

野 菊

永远的思念

即使制成干花，野菊的颜色和形状都不会改变，因此在古代，人们把野菊叫做永久花。

人们常常把永久花放到棺材里，或是作为供品摆放在坟前。在冬季较长的欧洲，人们还用它来装饰室内。据说在埃及的金字塔中也发现了永久花，可见它的历史一定很悠久。

野菊与麦菊

野菊的花是白色的，而麦菊的花则有各种颜色。由于不知从何时起野菊绝了种，因此人们便把花形酷似野菊的麦菊也叫做永久花。

现在，野菊就是指麦菊，而永久花也是指麦菊，虽然听起来似乎令人感到有点混淆，但它们的花语是完全一致的。

丝石竹

清纯高雅

　　几年前丝石竹是花束中必不可少的，这是因为它那密密匝匝的小白花可以和谐地陪衬任何花卉。

　　买花时花商经常会问："花束组合要不要丝石竹?"所谓组合指的就是陪衬，这说明它不是主角。清纯的丝石竹总是微笑着随风摇曳，甘当陪衬的绿叶。

最近在街头时常能看到男孩手拿丝石竹招摇过市。因为女孩是很少给男孩送花的，所以男孩手中的花一定是将要送给女朋友的。

"希望你能永远像现在一样，保持清纯无瑕的心……"看来男孩们最看重、最喜欢的就是丝石竹那洁白可爱的身

姿和它的花语。

花 的 故 事 · 花 语

山慈姑

寂寞何所惧

　　紫色的山慈姑花在残雪犹存的北国三月里绽开笑脸。它们不是在阳光充沛的地方成片成片地开花，这和花园以及花圃里的花大不相同。最独特的，是它们似乎喜欢单株或单簇开花，身旁没有一个伙伴，仿佛在独自忍受着清冷孤独的寂寞。

山慈姑

过去，做菜用的淀粉就是用山慈姑的根部制成的。由于近年来山慈姑逐渐减少，因此现在大部分的淀粉都是用土豆制成的。但是不管怎样，现在仍然几乎每家的厨房里必有淀粉。

今后在野外，如果看到了山慈姑可千万不要用手摘花，因为这样它就会马上枯萎。要知道，即使是长在大自然中的山慈姑花，花期也只有10天。

花的故事·花语

卡特来兰

成熟的魅力

　　被称为花王的卡特来兰只是兰花家族中的一种，它婀娜多姿，明艳耀眼。

　　兰花过去多生长在南美和印度等既不冷也不热的地方。由于珍奇的兰花是那么美丽，因此欧洲来的探险家们不惜冒着生命危险把兰花带回各国，据说现在在温室里栽培的兰花竟达 3000 种之多。

夜晚的花——卡特来兰

卡特来兰总共约有 40 多种，我们最常见的就是花店中放在玻璃罩里摆在最上边的那种。因为昂贵的兰花一枝就要几千日元，所以没人敢拿它来做花束。兰花一般多用作装饰，主要用来作别致的饰针，由于过去多半是用来陪衬绢纺或平纹毛纱的夜礼服，因此它可能不一定适合于现在职业妇女白天穿的套装。

成人的装饰品

人们习惯以个人的品位来装饰自己，我们时常能看到一些打扮考究的人把兰花插饰在衣领或是头发上。新娘结婚用的头花无疑要数兰花最有气派，然而它未必同样适合于十几岁的少女。适合新娘用的也是那洁白的卡特来兰，红色或是紫色的花未免有个性太强之嫌。

兰花固然很美，然而不愿输给个性鲜明、亭亭玉立的兰花，是那些知识丰富、身心和谐的成熟女性。

水芋

文雅的少女

　　水芋是点缀在洁白底色中的黄色小花。花是中央呈穗状的部分，而看上去像花瓣一样的是苞子，它只起保护花瓣的作用。尼罗河流域是水芋自然生长的好地方，每逢春天，婀娜多姿的水芋便会把整个河面都覆盖起来。笔者没有亲眼目睹过，因此很难想象这该是个怎样的景观。虽然水芋颇似沼泽地里盛开的观音莲，但两者在形

色上有很大区别。

与芋头同族

由于水芋花苞的形状颇像喇叭，因此水芋也叫喇叭百合；并且又因水芋的原产地在埃及，所以它又叫做埃及百合。虽然水芋的名字十分好听，但实际上它与芋头同族，这样它总能让人亲切地联想到那在地下纵横交错的芋头。

花 的 故 事 · 花 语

美人蕉

精力旺盛的情人

　　根据缅甸民间传说，如烈火一般红的美人蕉最初是从佛陀的鲜血变来的。

　　夏季里，每当最炎热的天气开始持续，总会有许多植物枯萎凋零，然而美人蕉却似乎一点也不在乎烈日，总是那么郁郁葱葱，活力盎然。美人蕉属热带花卉，自

然能经得起夏季的烈日炎炎。它一年四季都开花，花可以开得很大，从中我们也可感受其惊人的生命力，这就好像是夏日在阳光下尽情玩乐的年轻情人。

美人蕉做的颈饰

美人蕉的花籽十分坚硬，南国少女们爱把它们装饰在自己的脖子上。印度的旅游商店里就有许多把各种颜色的美人蕉籽串在一起的颈饰出售，可是如果你问店员"这是用什么做的"，她们却会说"是用木头制作的"。

菊　花

爱你（红色），真实（白色），你让我失望了（黄色）

　　菊花经常被用作日本皇室的徽章，日本护照上印的也是菊花的图案，因此可以说菊花是"日本的花"。然而我们却很少听到有哪个女孩说"我最爱菊花"。黄菊花那极为普通的花形及其经久不衰的特性使它常被人们用来当做供品，也许出于此，菊花很难给人一种富丽堂皇的印象。笔者本人就从未赠送过也未得到过菊花的花束，

看来这主要是由于人们从小就对它太熟悉的缘故吧，因此在某一"特别的日子"里总不愿用它。细想起来又实在有点不公平。

菊花茶

菊花广泛地用于饮食中，如天芙罗（一种裹上稀面后油炸的食物）、菊花凉拌菜等都是其中的代表。菊花茶和菊花酒还可消除疲劳，增进食欲，并且还具有治疗高血压以及消除眼部疲劳的效用。你们是否觉得我们应该更加爱惜菊花呢？

花 的 故 事 · 花 语

干 花

干花，顾名思义就是干燥了的花，即把水分去掉后的花。它包括把花压扁后再弄干的"压花"，以及迅速干燥后马上装袋以便日后能欣赏其芳香的"袋花"。

很久以前人们把干花叫做"永久花"，专门用来献给死者。人们在埃及的金字塔里也发现了永久花。

适于做干花的主要有蜡菊、野菊和千日红等。它们的植物水分本来就较少，多半从开花时起花就是干燥的。如果花瓣不是很厚，那么只要把它们紧紧地扎起来（如果扎不紧，干燥后就会散落）放到通风好的地方，它们自然就会变成干花。届时还要尽可能去掉叶子，把花错落有致地整理好。如果空气潮湿，花就容易起霉，因此干花最好在秋冬时节制作。若把别人作为生日礼物或纪念品送给你的花做成干花，这会给你带来美好的回忆。

如果保管得当，干花可存放几年。但时间长了，有时即使花形不变，颜色也要褪掉；到最后，它还会干成碎粉，彻底消失。可见"永久"也不是绝对的。干花可以说就是花的木乃伊。

花 的 故 事 · 花 语

洋白菜

利 益

相传洋白菜的花是由希腊王子的眼泪变来的。然而比起它淡黄色的花来，更为人们所熟知的是它那甘甜可口的白菜包。它不仅含有丰富的维生素，而且对胃溃疡还有食疗作用，因此无论做什么菜几乎都可以用它。虽然也有些孩子不爱吃洋白菜，但它仍是很幸运的，因为绝大多数人都喜欢它。

如果小孩子问大人"婴儿是从哪儿来的"，也许会得到许多答案；但在产洋白菜的欧洲国家里，孩子们得到的答案几乎都是"从白菜叶里出来的呗"。洋白菜那柔软而又密密层层的叶子就是那么不可思议地让人感觉其酷似婴儿的尿布。

夹竹桃

警惕危险

　　像纸一般薄的透明的夹竹桃花呈淡粉红色，它的枝叶比较细长，因此总给人以温柔纤巧的感觉。

　　妈妈们一定要告诫孩子玩花时千万不要把夹竹桃放到嘴里，因为它是一种有毒的植物，放到嘴里会引起腹泻。根据记载，法国士兵野炊时因为用夹竹桃的树枝来串肉，食后全部中毒身亡。同样，日本也有因用它来做筷子而导致中毒身亡的记载。据说在西班牙，妈妈为高烧的女儿祈祷时也用夹竹桃，因为过去人们深信只要把它的枝叶放在患者胸前就可以退烧。其实这是没有科学根据的，因为夹竹桃是有毒的植物，它是不能做药用的。

栀　子

带来喜悦

　　过去男性的衣领上总要插一朵花作为装饰，他们用的多半就是栀子。人们总会向那些头一次参加舞会的人建议说"栀子最好"。其实最好的是卡特来兰，但其不菲的价格并非人人都能承受得了，于是人们便纷纷让花店给他们送来栀子。洁白的栀子芳香馥郁，它足以能使女性心旌摇荡，还有什么比这更浪漫呢？由于栀子的芳香

极受欢迎，因此"带来喜悦"自然就成了它的花语。

然而日语中的"栀子"一词与"沉默"同音，因此有女孩子的家庭院子里一般都看不到栀子，因为迷信的人们认为如果有栀子，女孩出嫁时便会成为不会说话的人。日语中的"沉默"一词解释起来就是"没有能开的口"，当然把这两回事扯到一起的确有点迷信。

栀子的花瓣有一层的，也有八层的。一层花瓣的花结的果较大，并且还有养精蓄锐的效用，因此它常被用作中药成份。

与之同色的黄花龙芽

栀子还有一个用途，即作为染布的颜料使用。用栀子的果实染出来的颜色叫黄花龙芽色，这是因为花虽是白色的，但是它的底色是黄色的。八层栀子的英文名称为 gardenia，它还有同名的香水，但这种香水并非花的提取物，而是通过化学合成的方式生产出来的。据说栀子的香比较容易合成。

唐菖蒲

常备不懈

唐菖蒲开花时的次序是自下而上，有点像爬楼梯一样。它的花的颜色主要以红色为主，但也许是红色太刺眼的缘故，人们扎花束时总要加进一点黄色和粉红色的花。

它的花语出自其叶子的形象，笔直舒展的叶子酷似

击剑用的剑；此外它的花语还源自拉丁语"格拉帝奥斯"一词，其词意为"剑"。

秘密的诺言

情人在秘密约会时若不想被任何人知道，常用唐菖蒲来表示时间：如果递给对方 6 枝花，就表示 6 点钟见面；但倘若是 10 枝花，那笔者就分不清究竟是上午 10 点还是晚上 10 点了。也不知道过去的人们是否会用花的颜色来表示不同的时间，诸如红色表示上午，黄色表示晚上等等。

花 的 故 事 · 花 语

铁线莲

阴谋贫弱

铁线莲的藤细长而又结实，就像铁丝一样，其花语"贫弱"就是根据它细长纤弱的外表而得。

和那红中带紫、娇艳欲滴的花相比，铁线莲的藤着实显得有点寒碜，但是从前这藤还帮过叫花子的大忙呢。叫花子将铁线莲的藤缠在自己的身上，然后再用它的叶子来搓揉身子，这样身子就会肿得青一块紫一块的。当他们乞讨时，人们害怕他们靠得太近会传染自己，便纷

纷解囊施舍。也正是因为叫花子们制造了这样的假象，所以才有了"阴谋"的花语。

铁线莲的花语之所以来自藤和叶子，也许是因为过去人们对可作缆绳和弹簧床等的代用物——藤的喜欢胜过了对花的爱惜。

花 的 故 事 · 花 语

鸡冠花

赶时髦，装腔作势

顾名思义，鸡冠就是鸡头。的确，鸡冠花越看越像公鸡的鸡冠，但很少有人喜欢这种花。几十年前人们都有自己的花园，当时花店还很少，花主要来自私人花园。夏末秋初，花园边上密密麻麻地长着的就是鸡冠花，其中也掺杂着白色的花，举目望去，俨然一派秋色宜人的园景。当时一些有花园的人家还专门饲养爱炫耀自己鸡冠的公鸡。

也许正是因为鸡冠花太多，所以人们往往对它不以为然，这样想来难免又觉得鸡冠花有些可怜。在一些仍然保留着森林、原野的地方，每当看到那里的大花园里有大片大片的鸡冠花，总会令人感到无比欣慰。

鸡冠花的花语主要由公鸡走路时的神态而来。

大波斯菊

少女的真心

大波斯菊是由发现了美洲大陆的哥伦布带到欧洲大陆的。此外，西红柿、烟草、君子兰、可可豆、向日葵以及仙人掌等热带植物也和大波斯菊同时期被带回欧洲。

美洲大陆是 1492 年被发现的，而在巴黎首次出版《花语》一书时已是 1818 年。大波斯菊传到欧洲后开始转为人工栽培，据说这种原产于墨西哥高原的花在园艺场首次开花是 1882 年。

大波斯菊在希腊语中原意为"宇宙"、"调和"等，而它的花语则表示少女的真心，这大概是从它那在秋天的高原上随风摇曳的温柔花姿得来的。

樱 花

有益的教诲

日本人最熟悉的花莫过于樱花。春天赏樱花是极为重要的定例活动。

带领美国走上独立道路的华盛顿，孩提时砍倒了父亲珍爱的樱花树，事后如实地向父亲承认了错误——这已是一段广为流传的佳话，因此花语"你要诚实些"便成了一个极为有益的教诲。

然而有关樱花的邪说也不少，如樱花树下一般都埋有死人、只要把诅咒对象拟制成草人撞散在樱花树上就可杀死背叛过自己的情人等。也许正因为美丽而又娇媚的樱花开花后瞬间即逝的这种感伤才使得人们对它有各种各样的猜想。

76

樱桃

在日本，说到"樱"主要是指花，而在欧洲指的则是果实。樱树有结甜果的，也有结酸果的。樱桃王"拿破仑"的原产地是里海一带，它的花不是白色而是淡红色的。德国和意大利还分别用樱桃酿造了品牌名酒。

樱花汤

婚礼上招待客人的樱花汤是在盐腌的樱花里冲入开水做成的，虽然没有什么人觉得它好喝，但在精美别致的碗里飘浮的樱花定能使人全神贯注于这特别的日子。

面包馅里的樱花

面包馅里放上一点用盐腌过的樱花可以突出甜馅面包的味道，这几乎是所有日本人都知道或品尝过的。总之，樱花的逸闻趣事多得不胜枚举。

樱　草

早春的悲哀

　　樱草在英语中为 primrose，大意为"原始的玫瑰"，但后来却被引申为"苍白的诗人"、"出嫁前凋谢的花"等意思。樱草在寒意袭人的早春里开花，在蜜蜂开始采蜜以前就凋谢了。如果它的花粉和雄蕊结合，当然也能结果，可惜由于没有蜜蜂的搬运，它结不了果。因此人们将樱草喻为未出嫁就死亡的可怜的姑娘，它的花语自然也就暗示了樱草的凄惨命运。

樱草茶

　　樱草茶是用干燥后的樱草烘制而成的，它可以帮助消除焦躁不安及哀痛失神等情绪，并且还可促进睡眠。此外，餐桌上色彩斑斓的沙拉配色自然也少不了樱草。

石　榴

愚昧无知

石榴是于公元前 2 世纪起就被人发现了的古生植物。

希腊神话中的小姑娘珀耳塞福涅被死神国国王哈得斯拐骗到了地下，为了拒绝他的求婚，小姑娘坚决绝食，甚至连一口水都不喝，很多天里仅仅吃了一粒酸甜可口的石榴籽。然而吃了死神国里的东西就不可能再回到地面上去，无奈之下珀耳塞福涅只能与哈得斯结婚，每年都要在地下和他住上半年。

抑制癌症的妙药

希腊神话中说石榴是死神国里的食物，然而最近科学家认为石榴是健康之果，因为它可以抑制癌症。它的花语

"愚昧无知"大概从小姑娘珀耳塞福涅身上而得。

藏红花

切勿使用过度

花神英洛拉从春到秋一直都在辛勤地用花把大地点缀得色彩斑斓。终于有一天，她说："我的活干完了!"这时，原野里的精灵向她祈求：

"再给羊群开一种花吧。"

为了羊群和原野的精灵，花神最后又给它们开了一种花，这就是藏红花。藏红花在秋天快过去时才开，因

此它是一年之中最后的一种花。

藏红花食物

藏红花那紫色的花柱可以用在菜肴里，因为能用的部分仅有一丁点，所以它的价钱一般都很昂贵。在印度和巴厘岛一带还能见到藏红花米饭，据说食用一点可以解除隔夜醉，然而吃多了就有可能会使大脑兴奋，其花语大概就是由此而来的。

花 的 故 事 · 花 语

仙人掌

伟大炎热

仙人掌的种类达 1300 种之多，它们几乎全都原产于南美大陆。得益于身上的针刺，它能够生长在干旱缺水的草原或沙漠里，并且还能经受酷暑的折磨。失去水分后的仙人掌叶体开始萎缩，树叶变成了针刺，并把水分贮存在它那大片大片的叶肉里，因此仙人掌就是靠叶肉里的水分来开花并维持生命的。在沙漠中跋涉旅行的人们和骆驼就常把仙人掌的叶肉作为食物。

针刺的巫术

过去秘鲁的巫师就是用仙人掌的针刺来施行巫术的。他们深信只要一边口念咒语，一边用仙人掌的针刺扎到拟制的草人身上，就可以把诅咒对象杀死。其实仙人掌刺是无毒的。

花 的 故 事 · 花 语

报春花

内向害羞

　　报春花如同含羞的少女一样，它是垂着头开花的，因此花语"内向"是从它的花姿来的；报春花弯曲的花茎略呈旋涡状，故又包含"圆圈"的意思。

　　意大利西西里岛的野猪喜欢把报春花的根刨出来吃，于是报春花的别名也叫"猪的面包"，没想到那垂首生姿的美丽花朵竟被起了个如此不雅的名字。日本当时还没有面包，因此在日本它被叫做"猪的馒头"。

有效的蛇药

　　"猪的面包"可以治愈蛇伤。在古罗马时代，几乎家家户户的花园里都种着报春花。

孕妇的护身符

过去，有了身孕的妇女走路时绝对不会随意跨过报春花，因为她们相信如果跨过地下联根的报春花就会流产。据说后来这一说法又进一步升华成表示愉快的分娩，因此许多孕妇便把报春花作为护身符佩戴在身上。

即使在科学技术还不太发达的过去，人们虽解释不清，但已经懂得用许多植物来治疗疾病，从前人们曾用报春花来治疗耳疾就是其中一个例子。其实这是缺乏科学依据的，而人们之所以那样做，是因为报春花的叶形长得像人的耳朵。

花 的 故 事 · 花 语

芍药

内向害羞

芍药花绚丽多彩，然而它的花语却和报春花一样，理由很简单，它的花语主要来自野芍药——野芍药的花呈白色，且花朵比较小，不太引人注目。

在希腊语中芍药叫做"帕伊欧尼亚"，此名大概出自第一个用芍药来治疗疾病的医生帕伊昂。经过不断的杂交和改良，现在的芍药较之过去要硕大饱满得多。当时帕伊昂用芍药来医治百病，并且深信在葡萄酒里放入芍药籽就可以驱邪。其实并没有那么神奇，中药里主要是用芍药来促进血液循环而已。

茉莉花

我跟着你

5 月初是清香扑鼻的茉莉花开的时节。只要顺着花香走去，有时候便会发现一些阳台上密密麻麻地开满了茉莉花。

茉莉花多在夜间飘香。茉莉花大约有 200 多种，且均属热带植物；而原产于日本的茉莉花就只有一种。

印度及巴厘岛一带的妇女尤其喜欢把白色的茉莉花插戴在头上，当地还有专卖茉莉花的花摊，那里的男人们经常买花送给自己的妻子或情人。由于天气炎热，戴在头上的花只能维持一天，因此她们每天必须换花。

如果男人们能够每天都给女人们赠送用做头饰的花，那该多好啊！

❋花的专栏 3

节日和花草

每逢新年，日本人都要用松树来装饰门庭，它意味着"庆贺"和"但愿今年也会万事如意"。

1 月 7 日这天，人们用芹菜等所谓春季七草熬粥吃，以求健康。

2 月在立春前夕，人们则用柊树来驱赶恶魔。

在 3 月 3 日的女儿节里，人们用玩偶和桃花来装饰房间。

而在 5 月 5 日的男儿节里，人们在用菖蒲泡的水中洗澡。

5 月的第二个星期日是母亲节，这天人们要给母亲赠送康乃馨。

7 月 7 日是七夕，人们都举着细竹向星星倾诉自己的心愿。

9 月 15 日的夜晚，人们把胡枝子等秋季七草献给月亮，以表示对丰收的感谢。

12 月的圣诞树用的是冷杉。

花的故事·花语

可见日本一年的节日庆典中花是不可缺少的。还有一些节日虽然没有明确的起止日期，但它们也都是极为重要的，诸如赏樱、梅花节、玫瑰节、山茶花节以及菊花节等等。总之，一年到头总有一个地方有一个什么花的节日。

花和我们共存，并且把我们的生活点缀得艳丽多彩。

春季七草：芹菜、荠菜、鼠曲草、繁缕、稻槎菜、蔓菁、萝卜。

秋季七草：胡枝子、芒、葛、红瞿麦、黄花龙芽、泽兰、桔梗（或牵牛花）。

菖 蒲

心安理得

菖蒲花的花期大约在 5 月到 7 月之间，它是从叶子中延伸出来的一枝独茎上绽开的黄花。

菖蒲花总在这个凉风送爽的时节里心满意足地随风摇摆，而且从来不逆风而行，

它的花语便由此而来。笔者也认为它的摇曳的确是发自内心的，由此看来想出花语的人准是个嘲讽的高手。

男儿节的澡堂子

在日本，5 月 5 日的男儿节这天，人们在浴池里都泡上了清香宜人的菖蒲，这种芳香在夏末会令人感到格外的轻松愉快，而且它还可以起暖和身子的作用。过去，孩子们还常常用菖蒲来做大刀，缠上头巾在水里开心打闹呢。

瑞　香

不死温柔的树木

　　希腊神话中，太阳神阿波罗用自己的胸膛接住了爱神丘比特射来的箭。

　　由于这根神箭能使它最先碰到的人燃烧起爱的火花，因此达佛涅被阿波罗穷追不舍。惊恐万分的达佛涅被追得已经无处可逃，于是她跑到大神宙斯那里，请求把她变成一棵瑞香树。

　　希腊神话中有"达佛涅终成月桂树"的传说，但比

这个传说更早的是说她变成了瑞香树。

早春瑞香的原产地是中国，这似乎和希腊神话联系不到一起。月桂树也好，瑞香也罢，它们都与那位变成了树

也仍然散发着芳香的美少女十分相似。

报春的芳香

正当人们对寒冷的严冬已感到厌倦，并期待着春天到来的时候，瑞香的芬芳便不期而至。

瑞香花开在约莫 50 厘米高的树上，它质朴清秀，并无炫耀，只有那飘荡千里的芳香仿佛是在大声告诉人们"我开花了，春天马上就要来了"。

花语"温柔的树木"定是源于达佛涅；而"不死"则主要来自瑞香本身，因为它四季常青，纤细的树枝一碰到地面就能生根成长，这象征着无限的生命力。

甜豌豆花

敏感纤弱离别

甜豌豆芳香宜人，听说在日本，过去人们把它叫做香豆或香豌豆。

甜豌豆原来的花很小，并且也不太起眼，经过改良后才成了现在的模样。但只要好好看看它卷曲的豆苗，就不难想象其"敏感纤弱"的花语。

甜豌豆花的颜色有白色、粉红色、紫色，无论哪种颜色都能给人一种亲切的感觉。花的形状颇似蝴蝶，而且那停在茎苗上的蝴蝶似乎马上就要飞走，"离别"可能就是由此而来的。大自然中的甜豌豆花花期一般都持续到春天过去，而花店里的甜豌豆花却往往只能维持2～3天。

西　瓜

笨重沉稳

对于南美中部的人来说，西瓜是上帝的恩赐。在大自然里生长的西瓜是沙漠中的人们获取水分的源泉，是

食粮，同时也是家畜的饲料。

西瓜的栽培由来已久，它最早开始于阿拉伯、西班牙以及印度等较炎热的地方。

西瓜体大笨重，且 95％以上是水分，因此西瓜在英语中叫做 watermelon，如果直译过来就是"水瓜"。

西瓜汤

用小火慢慢地熬西瓜肉便可熬成西瓜汤，它可说就是西瓜的提取物，与生西瓜不同的是它可以保存，并且还是利尿消肿的良药。

水 仙

自以为是，过分的自恋

花
的
故
事
·
花
语

希腊美少年那喀索斯背叛了许多女性的爱，因而被人们认为是个"只能爱自己的人"。那喀索斯最爱的是自己在水中美丽的身影，正当

他满脸微笑地尽情欣赏自己的时候，不知不觉地他变成了一株水仙。

……

后来那喀索斯便成了自恋和自恋者的代名词。

花语"自以为是"无疑出自那喀索斯，尽管听起来不太顺耳，但适当地建立自信并爱惜自己是应该的。虽然那喀索斯过于爱惜自己而被变成了水仙，但反过来不爱自己的人也同样不会爱别人，没有自豪感的人就不可能有自信心。为此，笔者以为那喀索斯的精神是不能完全摒弃的。

睡　莲

清纯的心

　　睡莲喜欢在河川或是沼泽里扎下根基，它的花有白、蓝两种。也许是出于它那浮在水面的花看上去令人感到几分神秘的缘故，过去人们都认为睡莲是水中妖精的化身。传说如果谁摘了睡莲，那么他就会被拖到水底，一命归天。

　　从前法国人相信睡莲的长茎可以医治脱发，而睡莲籽则有抑制男人在外边拈花惹草的作用。正是由于下午开花、晚上凋谢的神秘感，使睡莲有了各种各样的传说和想象出来的种种疗效。

　　然而在埃及，人们把睡莲叫做"尼罗河的新娘子"，它是太阳的象征，可见睡莲是一种圣洁明朗的花。仿佛是在躲开人们伸过来的手，睡莲那随风摇曳的洁白的花姿着实很像新娘子，可见"清纯的心"这一花语并不难理解。

铃 兰

再度的幸福艳丽

在法国，5月1日是铃兰节，这天人们都会到森林里去采花。他们深信如果在铃兰节这天被人赠与铃兰，那么被赠人就会一生幸福。

铃兰在不同的国家里有着不同的名字，在英国它叫"峡谷里的百合"，在德国叫"5月的小钟"，而在日本则叫做"君影草"；由于铃兰开花的次序是自下而上的，因此它也叫"通往天国的阶梯"。而"精灵的杯子"这个名称是怎样来的呢？原来精灵尽情地享受了美味的葡萄酒

后翩翩起舞，直到她们猛地意识到黎明就要来临时才慌忙把酒杯挂在铃兰叶上后匆匆离去。

铃兰多开在阳光充沛的草原上，因此在牧场上常能见到它们。也许有人会担心它们被动物践踏，其实这担心是多余的。因为铃兰有剧毒，甚至连插过它的花瓶里的水也不能让动物喝；而动物也从来不吃铃兰，甚至不靠近铃兰。所以，无论是在牧场的任何角落，铃兰总是十分安全的，它那甘甜的芳香仿佛在对人们说"我在这儿呢！"

少女的芳香

铃兰的芳香清新朴实，常常被人们用来做香水的原料。一个女性从少女到姑娘，再到少妇，最后到成熟的女性，在不同的阶段总喜欢用不同的香水。商店里有许许多多的香水，然而对少女来说，铃兰香水最为合适。

鹤望兰

虚荣男儿

鹤望兰开在向外伸展的花茎上，它的花形酷似橘黄色和紫色相混合的羽毛。它原产于南美一带，如今在气候炎热的国度

里常常能看到路旁那花团锦簇、婀娜多姿的鹤望

鹤望兰也叫极乐鸟草。之所以叫极乐鸟，是因为它的花姿颇似某些总爱挺着胸膛走路的色彩斑斓的鸟，尤其是雄鸟走路时更喜欢煞有介事地挺胸造作，于是便有了花语"虚荣男儿"。

100多年前鹤望兰传入日本，现在多为温室栽培，花店里也有出售。在寒风凛冽的冬天，如果屋里摆上极乐鸟草，就会感到温暖舒畅。它和兰花等热带地区的花卉十分适于作为冬天的室内装饰，然而菊花、樱花等却不太适合，想来又不免感到有些不可思议。

雪花莲

愉快的喜讯求友

　　2月2日是圣母玛丽亚节，也有人称之为蜡烛节。每到这一天，教堂里所有的蜡烛都要擦干净，少女们夜里还要举着烛火游行。

　　雪花莲大致也是在这个时候开花。据说在德国，流传最为广泛的说法是：在很久以前，无色的雪花曾向众花发出请求："也给我一点颜色吧。"不料却遭到了拒绝，唯有雪花莲说：

　　"那你就用我的颜色好了。"

　　从此，天空中的飞雪和地上的雪花莲有了一样的颜色。在飞雪的拥抱下，盛开的雪花莲拥有报春的"愉快的喜讯"；同时又因它开得比谁都早，所以似乎在"求友"，以免孤单。

花的故事·花语

紫罗兰

诚实节制

　　最喜爱紫罗兰的人要数曾一度登上法国皇帝宝座的拿破仑。作为结婚纪念礼物，他曾送给爱妻约瑟芬一束紫罗兰。后来拿破仑从皇帝的宝座上被赶下来，并被流放到圣赫勒拿岛，他在妻子坟前的花丛里经常采摘的也是紫罗兰。

　　拿破仑死后的陪葬物只有两件东西：干燥的紫罗兰

和一束爱妻的头发，只有它们护守着这位曾经叱咤风云、举世无双的英雄的遗体。

合成饮料

用紫罗兰的花瓣泡在葡萄酒里，每 7 天换一次花瓣，3 个星期后便可加蜂蜜调和饮用。据说这种紫罗兰酒早在 1 世纪时就已经出现。

花 的 故 事 · 花 语

大丽花

华美高贵，不安定

　　虽然拿破仑喜欢的是紫罗兰，然而其妻约瑟芬喜爱的却是大丽花。约瑟芬（1763～1814 年）当皇后期间，在巴黎附近的马尔梅棕宫有一个大丽花庭院，她一人几乎独占了所有的大丽花。除了一年一度的游园会时向人展示一下以外，她从来不会拿花送人。

　　有一位也很喜欢大丽花的贵夫人偷偷地用钱收买了

约瑟芬的园艺师，于是他为她偷来了大丽花的球根，这样稀少珍贵的大丽花在别的地方也出现了。从此，约瑟芬对大丽花失去了兴趣。

花语"华美高贵"表现了大丽花和贵夫人们的美丽，而"不安定"则暗示了约瑟芬不能持之以恒的心绪。

花的故事·花语

103

蒲公英

离别

　　蒲公英是一种随处可见、人人皆知的花，它几乎很少成为神话故事或民间传说的主角。这是因为它太普遍且太健壮了，人们并不觉得它有多么的珍贵。有学者把蒲公英叫做"走遍世界的杂草"。的确如此，不用栽培它也会发芽、长叶、开花。

　　使蒲公英得以走遍世界的载体是风，风把蒲公英那白毛状的种子送到老远老远的地方去繁衍生息。如此富有生命力的蒲公英怎么得到的花语却是"离别"呢？因为它们往往一飘即散，向空中独自飞去，为此也有人称

花的故事·花语

之为"不死草"。蒲公英伸到地下的根长达 60 厘米以上，把它的根挖出来干燥 5 天后，再将它切成 1 厘米长的碎节，这碎节仍会发芽。

蒲公英沙拉

在欧洲，人们将蒲公英改良后长出宽大柔软的叶子来，用叶子做冬天的沙拉。这种沙拉的做法极为简单，先将叶子在开水锅里过一下，然后再加入少许咸肉末和炸面包块，最后淋上沙拉酱后便可食用。这道沙拉虽有点苦涩味，但特别好吃。涩味大的东西往往生命力也比较强。

蒲公英咖啡

把蒲公英的根彻底晒干后制成粉，这便成了蒲公英咖啡，它作为天然食品中的一员，颇受欢迎。当然它的香味不如咖啡，但这毕竟是一种不含咖啡因的健康食品。

郁金香

爱的告白（红色），苦恋，失去的爱
（白色），美丽的眼睛（杂色）

郁金香的原产地是土耳其。由于花的形状有点像土
耳其男子的头巾，头巾在土耳其语中叫"茨鲁盆"，因此
土耳其人也把郁金香叫做茨鲁盆，可见英语的 tulip 一词
是音译。花原来的颜色是璀璨夺目的金色，也叫做郁金
香色。花的形状有点像在杯缘上装饰着花瓣的葡萄酒杯，
这有点令人不可思议。郁金香就是在盛开时，人们也看
不到花里面有些什么。

郁金香于 16 世纪传入欧洲。荷兰是出产郁金香的大

国，1630 年郁金香开始在荷兰流行，也正是从这个时候起它的品种才得到了很大的增加。

"2 车小麦，4 车大麦，4 头母牛，3 头猪，12 只羊，2 大桶葡萄酒，4 大桶啤酒，2 大桶黄油，大约 453 千克的奶酪，1 铺床上用品一应俱全的大床，1 套衣服和 1 个银杯。"

这些是为了得到郁金香的球根所要交付的物品，据说如果换算成货币则大约等于 2500 伏罗令。虽然我们无法知道上述物品能换多少球根，也无法知道 1 伏罗令约等于多少现代的货币，但它无疑是一大笔钱。大发球根之财者有之，为买球根而倾家荡产者亦有之，可见郁金香还曾导演过人间的种种悲喜剧。

现在，郁金香的种类可谓琳琅满目，丰富多彩。在花店里常能看到的花当中，有的花形令人不敢相信它居然也是郁金香。

杜鹃花

热情，谨慎

花 的 故 事 · 花 语

全世界共有 2100 种杜鹃花，仅日本就有大约 60 种。杜鹃花是一种比较古老的花，其中石杜鹃和山杜鹃早在 1700 年前的古人的诗歌里就出现了。

那时的杜鹃花是红色的，而且花朵不大，开花时定是热情饱满，全情投入。此外，它们多半紧挨着岩石开花，因而又不免给人几分谨小慎微的感觉。

西洋杜鹃

5 月是日本一年中最美丽的季节。这时红、白杜鹃开遍漫山遍野，也开遍镇里乡间，那火焰一般的美景令人流连忘返。

西洋杜鹃是原来野生的杜鹃经过改良后而成的一种艳丽多姿的杜鹃，其英文名称叫 azalea，其实仍然是杜鹃。

山茶花

节 制 奢 侈 的 打 扮

　　法国作家小仲马的《茶花女》一书不仅使山茶花人人皆知,而且还使它成了奢侈的时髦女性的代名词。书中女主人翁玛格丽特是个青楼女子,也是个挥霍成性的时髦女郎,她每晚都穿不同的豪华晚礼服出席晚宴。她还别出心裁地在自己的胸前插上一朵茶花,频频招徕男士们别有用意的目光。

花 的 故 事 · 花 语

山茶花的原产地是日本和中国。它的英语名称叫 ca-mellia，它的意思和日语中"山茶花"一词完全一样。山茶花在万叶时代（公元 7 世纪）就开始广为人知，而传入欧洲时已是 17 世纪前后。据说当时的西班牙国王通过观赏院子里的白山茶花，忧郁症便神奇般地不治而愈了。

花 的 故 事 · 花 语

鸭跖草

愉快的，令人怀念的关系

鸭跖草在夏日清爽宜人的早晨开花，晚上凋谢，像露水一样不能长存，因此它也叫做露水草。

虽然鸭跖草的花生命短暂，但它的蓝色却是上等的染料。在日本，它早在 7 世纪就开始被用作染料，当时还有人把它叫做染色草。

鸭跖草那水灵灵的蓝色一旦碰水便马上消失，现在多用它来绘制和服图案，成人节时姑娘们穿的艳丽和服上的各种图案多半都采用鸭跖草的蓝色来描绘其底色。

正式染色后只要过水定色，原来的底色图案就会全部消失，因此即便染上的颜色盖不住底色图案也没关系。可见鸭跖草是

一种可允许小小失误和疏忽的便利的染料。

欧洲没有野生的鸭跖草，在那里它叫做紫露水草或蜘蛛草，但那密密麻麻的花感觉上又不太像日本的露水草；而叫它蜘蛛草是因为如果被蜘蛛咬伤，可用它来愈合伤口。

两位荷兰的植物学家——克姆霖叔侄曾把露水草的学名定为"克姆霖纳"。叔叔同时还是阿姆斯特丹植物园的园长，叔侄两人关系融洽，合作默契，因此花语便由此而来。

玉 米

财富洗练洒脱的美

　　传说玉米的前身是个美丽的少女，同村的一位小伙子一直暗恋着她。

　　有一天晚上，小伙子发现少女在路上徘徊，原来她在梦游，小伙子便紧紧地把少女抱在怀里。醒来时少女惊讶地发现自己在一个陌生的地方被一个陌生人抱着，

于是她马上变成了玉米。

这个故事在美洲印第安人中广为流传。据说茶色的玉米须就是少女的头发，而玉米则是少女惊讶时举起来的手臂。

美国是玉米的主要生产国。玉米在食品中的运用极为广泛，其中包括用玉米酿制威士忌酒。而花语"财富"就来自那数不清的玉米粒；又因玉米粒那错落有致的排列，"洗练洒脱"便由此得来。

花的故事·花语

转心莲

神圣的爱

转心莲原产自巴西，大约于江户时代传入日本，当时人们觉得它的花形颇似钟表的转盘，于是把它叫做钟表草。

转心莲的整个花形都十分富于象征性，据说花藤象征把基督·耶稣绑到十字架上去的绳索，花瓣象征他的弟子，5片雄蕊代表耶稣身上的5处伤痕，而那细针一般的东西则代表耶稣满是荆棘的头冠。只要细细观察，你不难想象出耶稣受难时的情景。因此转心莲的花语是"神圣的爱"象征着对基督教的信仰。

转心莲的英文名称叫 passion flower，意思是热情和受难。转心莲的果实酸甜可口，果虽来自花，但它的形状却与花不同。

西红柿

完整如一

在意大利，西红柿是从 1900 年以后才开始大量用于菜肴的，由此可见其历史并不算很长。西红柿花呈黄色，

它的果实有臭青、易破等特点，因此人们并不太喜欢它。哥伦布把西红柿从美洲大陆带回欧洲后，整整过了大约 300 年，西红柿才开始被人们食用，在此之前它一直是供人观赏的。

恋爱的苹果

有人把西红柿叫做苹果的恋人，这是因为吃了西红柿，人会感到浑身清爽，希望恋爱。西红柿的学名叫"狼桃"。而花语"完整如一"则主要来自西红柿那完整无缺、珍珠宝石般的外形。

附 子

厌世复仇

　　秋天里盛开的附子花是青紫色的，可用于插花。英语里的"附子"一词与"神职人员的帽子"意思相同，由于神职人员超脱俗世，并专门侍奉上帝，难免有人把他们和厌世联系在一起，而附子花的花语"厌世"就是这样来的。

　　附子根有剧毒，过去人们用它来猎狗熊，只要在箭

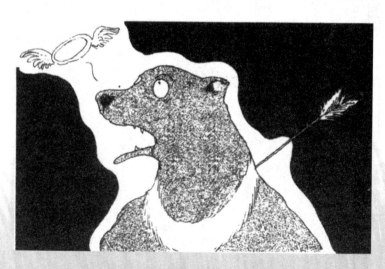

上抹上毒药就能把熊射倒。如果人把附子根吃到嘴里就会引起窒息，导致死亡。因此它也被用来制作毒药的材料。

治怕冷症

附子虽然毒性大，但如果使用得当也可药用。它是一味中药，可治疗神经痛及关节炎等病，并且还可促进血液循环，抑制怕冷症。

花 的 故 事 · 花 语

✳花的专栏 4

往昔的花与今日的花

　　很久以前，花是人们生活中的伙伴，神殿的装饰、生日以及结婚仪式等都不能离开花；男女的装饰打扮也都用花，而赠送礼品就更是以花为主了。据说玫瑰早在公元前 3 世纪就开始在绘画中出现。

　　过去，花朵都不太大，也不显眼。玫瑰虽有 6 片花瓣，但它的花是单层的；花中之王的兰花，如果是野生的，也只是悄悄地开放而已。但那时的花香味却很足。过去印度的男子在漆黑的夜里与情人幽会时，几乎全靠女方头上的茉莉花香来辨认方向。

　　后来，为了使花开得更大更美，人类对花进行了改良，培育出许多新品种。此外，还成功地发明了温室栽培技术，这样热带地区的花卉才得以在寒冷的地区安家落户。

　　如果说"大而美的花"是当时人们的最早的愿望，那么"一年四季都能开的花"则是人们的第二个愿望。以前，花只能靠太阳和雨水的沐浴，现在因为科学的进

花的故事·花语

步，人们可以自由自在地控制开花的时间和地点，所以秋天里能在花店买到春天的铃兰，春天又能买到秋天的玉球花。

与过去相比，人们似乎有了更多的选择，但昔日那种盼望开花季节的喜悦没有了，而且人工栽培的花也缺少些芳香。看来新的东西亦并非十全十美。

花的故事·花语

红瞿麦

你得赶紧！天真

　　红瞿麦虽有白色的花，但常见的是粉红色的花，中心点为红色。格林童话故事里，被绑在十字架上的基督·耶稣的血就是和红瞿麦相同的红色，然而它的花形却酷似一个天真烂漫的小孩子在向你微笑。可爱的孩子人人都想摸摸，因而"摸宝宝头"是红瞿麦日文花名的原意。

花 的 故 事 · 花 语

红瞿麦的英语名称为 pink，而法语也有法语的名称，这些名称都和花的形象十分吻合。pink 一词在荷兰语中则有"眨眼"及"小眼睛"等意思，这和它的花语似乎也能联系起来。"眨眼"瞬间即逝，红瞿麦的芳香很快就过去，所以才有了"你得赶紧"的花语。

花 的 故 事 · 花 语

七度灶

只要在一起就安全，当心

　　雷神托尔身强体壮，是农夫们的好朋友。但如果他一旦生气，便会发出他那可摧毁任何东西的雷鸣。

　　然而，这个如此强悍的雷神有一次竟然被大水淹了，他在水中抓到的救命"稻草"就是七度灶……从这个未完的北欧神话中可以得知其花语"只要在一起就安全"的出处。在瑞典，人们造船时总要加一块七度灶木板。

据说七度灶曾 7 次被投到灶里都没有燃烧起来，故得此名，它的花语"当心"大概出自其良好的耐火性能。

七度灶酒

每逢秋天，小鸟们最喜欢吃七度灶结的红色果实。用七度灶的果实酿制的酒呈红色，并略带苦味，是一种浪漫的饮料。

油菜花

栩栩如生

　　大约在 30 年前的东京，春天一到人们总能看到黄灿灿的油菜花田，那像巨型地毯一般的令人开心的景观，至今仍然深深地留在人们的记忆里。

　　油菜主要用来榨食用油，更早的时候也用作灯油。

　　3 月 3 日的女儿节里，人们用来装饰屋子的花束就是油菜花和桃花的组合。无论是圆鼓鼓的桃花蕾，还是宛若金色蝴蝶一般的油菜花，都和少女十分吻合。春天，超市里也摆着许多油菜花，把它用开水烫过捞起，然后再加上佐料就做成可口的凉拌菜了。

南天竹

与日俱增的爱

很少有女孩子喜欢南天竹。

看上去湿漉漉的南天竹过去多半种植在厕所旁边。厕所也多在阴暗潮湿的北侧，因而喜阴的南天竹自然成了厕所的最佳伴侣。

南天竹的药用功能

南天竹原产于中国，大约在江户时代传到日本。它那红彤彤的果实象征着一颗与日俱增的爱心，花语便源于此。南天竹主要是作为药材来栽培的，用它的叶子熬的汤药可以解酒，也可解除因食鱼而引起的中毒。南天竹糖还可以治疗咽喉炎。奶奶做红米饭时喜欢在锅里放几片南天竹的叶子，它那深绿色的叶子不仅有防腐的作用，而且也是极佳的颜料。

花 的 故 事 · 花 语

菠萝

你很完美

发现美洲大陆的哥伦布在航海中发现了一种罕见的植物，便把它带回欧洲，这就是菠萝。

只有在热带地区才能生长的菠萝大概是从 18 世纪开始进入温室栽培的。现在日本人可以随时吃到从夏威夷空运来的新鲜菠萝，而在 18 世纪前最多只能吃到菠萝罐头，当时能吃到新鲜菠萝的只有少数人。

菠萝也叫松树苹果，因为它的形状酷似松果。菠萝的每一个果实都是开花后结果的，这些硕大的果实象征着花语"你很完美"。

木芙蓉

新鲜别致的美

　　一提到木芙蓉，人们自然联想到大海、夏天，还有夏威夷。木芙蓉花的颜色有粉红色、黄色、白色，还有能和太阳以及波光粼粼的大海相互辉映的深红色。

　　作为夏威夷的州花，每到夏天，人们身上穿的夏威夷衬衫、T恤、泳装上满是木芙蓉的图案；跳草裙舞的女孩子们头上戴的是木芙蓉；对客人表示欢迎时献的花环也是木芙蓉。看到人类把花摘下戴到自己头上，笔者不禁替花感到可惜。尽管木芙蓉开花后只能维持一天，但它总是那么殷勤地含苞待放，好像在对摘花人说："真想给你们做头饰，好让你们跳个够。"木芙蓉充满活力和欢乐，总能给人一种"新鲜别致的美"的感觉。

木芙蓉茶

用红色的木芙蓉泡的茶恰似那晶莹透亮的红宝石，茶虽略带苦涩味，但只要加入冰块便可成为消暑解渴的好饮料。木芙蓉茶含有极为丰富的维生素，并且还有护肤的作用。

木芙蓉染料

如果用木芙蓉染料来染毛线或绢线，就可得到一种用化学染料很难得到的柔和的粉红色。

在寒风呼啸的冬天，如果穿上用木芙蓉染的毛衣，你一定会感到格外暖和，就像南国的太阳照在你身上一样。

胡枝子

内向

很久以前，日本秋天的荒野里满山遍野开着的几乎只有胡枝子。今天，我们却能看到世界各地的花，而且绝大多数还可在花店里买到，比如11月能买到初夏的铃兰，秋天能买到紫罗兰。

温室问世以前，从外国引进花卉是一件不容易的事，人们所看到的花都是在大自然里开放的，因此花是那样的珍贵。那时，季节的更变是由花来宣告的，胡枝子就是告诉人们"秋天来了"的可爱而又内向的花。

早在万叶时代，无论男士、小姐都喜爱用胡枝子来装饰自己的头发，并且还喜欢互相赠送它那像小蝴蝶一般的花枝。在有的神话故事中，狐狸变成美女后，头上插戴的也是胡枝子花。

花的故事·花语

榛 木

完全吻合

榛木的果实榛子比花更广为人知。

欧洲的姑娘们现在仍喜欢用榛子卜测自己的恋爱前景。她们用三粒带颜色的榛子，一粒写上自己的名字，一粒写上恋人的名字，然后把三粒榛子全都放到暖炉里烤，如果其中一粒裂开了，那么答案是"他不爱我"；如果三粒中的任何一粒着火了，那么就说明"他爱我"；如果写着自己名字和恋人名字的那两粒都裂开或者都着火，这就意味着"两人一定要结婚"。

秋天，在树林里看到榛子不妨把它们拾起来，晒干后留到冬天。因为据说只有在冬天深夜里卜测最灵。但榛子壳开裂时可能会飞得很远，因此要多加小心。

· 132 ·

薄　荷

的确有效

薄荷在希腊神话中是位美少女，名叫蒙泰。死神国的国王哈得斯看上了蒙泰，但遭到王妃珀耳塞福涅的反对。

后来虽然蒙泰已经变成了花（薄荷的英文名 mint 一词也出自蒙泰），但它却从未失去自己那怡人的芳香。

薄荷油与薄荷茶

从薄荷叶提炼出来的薄荷油主要用于烹调以及制作糕点时的香料。此外薄荷口香糖、薄荷糖、薄荷巧克力以及薄荷牙膏等等都是我们所熟知的。

嚼薄荷叶可以使人神清气爽，饭后喝一杯薄荷茶还可帮助消化。

何为草本植物

　　这里所说的草本植物主要是指那些能用来泡茶、泡酒，也可用来涂抹伤口的植物。此外，那些可用来做防腐剂、染料以及毒药的植物也都算是草本植物。

　　"香草"类也属草本植物。那些色艳味香的植物可用于烹饪，也可用于装饰。

　　还有调料类。这类植物诸如辣椒、胡椒、大蒜、生姜以及芥末等也都属于草本植物。

　　再有就是青菜。欧洲过去并不像现在有这么多品种的蔬菜，当时的人们就把能煮着吃的草本植物当做青菜。

　　草本植物是人类生活中必不可少的东西。早在古埃及时代，修建金字塔的民工就懂得食用大蒜，因为他们已经知道大蒜能使他们更加健康。

　　现代人的厨房里也同样少不了草本植物：咖喱饭里放的既可食用也可调色的植物，为了使咖啡或者红茶味道更好而放入的桂皮或柠檬，荞麦汤面里撒的辣椒粉，做鱼时放的生姜和月桂枝，还有做菜时用的芹菜以及薄荷等等。总之，人们在生活中要用到各种各样的草本植物。

野玫瑰

悲壮的美

许多人一定都还记得在孩提时代，每当看到海滨的沙滩上盛开着美丽的花时，都禁不住想采摘。在海风中盛开的红花就是野玫瑰。野玫瑰的原产地是日本，它属于玫瑰家族，在它的花茎上还有一颗小小的棘刺。

从夏天到秋天，野玫瑰一直陆陆续续不断地开放，然而它的生命只能持续1天，因此"悲壮的美"便成了它的花语。

野玫瑰酒

把野玫瑰结的果实泡到洋酒中可以使酒更加甘醇爽口，此外果实也可用来制作果酱。无论是酒还是果酱，野玫瑰都能使它们提高品位。虽然玫瑰的花和果实也有同样的作用，但野玫瑰的芳香更具个性，更适合日本人的口味。

文殊兰

出远门去

文殊兰酷似百合，它纤细妩媚，夜间芳香四溢。它的花茎和叶子都粗大厚实，是南国特有的植物。

文殊兰原产非洲，它的果实很大，并且可以随海洋漂流到世界的许多角落。

据说文殊兰在很久很久以前就传入了日本，《万也集》中已有文殊兰的名字出现。因为文殊兰不能在气候寒冷的地区生存，所以它们随大海漂到北国后，往往没等到夏天来临就枯萎了。

文殊兰不顾远征路上的危险与困难，朝气蓬勃地"出远门去"，它们的性格还真有点像那些立志要当海员的人。

玫 瑰

美（全体），爱情（红色），内向（深红），我和你很
般配（白色），让我们忘掉过去的一切吧（黄色）

自从美的女神维纳斯在海上诞生的那天起，世界上
就有了玫瑰。玫瑰是维纳斯的花，因此它一直备受珍惜。

在古罗马时代，贵族用玫瑰做头冠，饮酒时在葡萄
酒杯里放上 1 片玫瑰花瓣，还喜欢把玫瑰水撒到身上，
甚至洗澡时浴池里也要放些玫瑰。埃及女王克娄巴特拉
在欢迎英雄安东尼凯旋归来时，在大厅的地板上撒下了
无数的玫瑰。

在基督教中，玫瑰是圣母玛丽亚的花，红玫瑰表示
殉教，白玫瑰则表示纯洁。

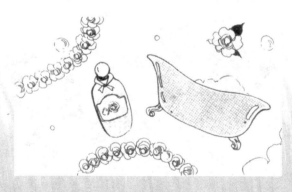

英国皇家的徽章

15 世纪时的英国，贵族之间内战连绵，所谓的"玫瑰战争"就是为了争夺王位而在两大家族之间展开的战争。约克家族的徽章是白玫瑰，而兰加斯特家族则用红玫瑰来做徽章。直到兰加斯特家族的亨利·丘德尔作为亨利七世继承王位，约克家族的伊丽莎白也被立为王妃后，两大家族才停止战争。从那时起，红白两种颜色的玫瑰混合起来就成了英国王室的徽章。

玫瑰香油

印度的勒克瑙盛产玫瑰香油，玫瑰香油是香水的基本成分。要生产 100 克香油，就得耗费 28 万朵玫瑰。因此，从玫瑰花提炼出来的香水很昂贵，当然它的芳香也实属上乘，且持久不衰。世界各国的名牌香水厂家都到勒克瑙购买玫瑰香油，所以说顶级法国香水的原材料都是印度的玫瑰。

花的故事·花语

刺叶桂花

自防自卫

以前欧洲有一种说法，如果树木在冬季也能长得茂密如盖，那么这树木就是神圣的。

避邪的树

无论是作圣诞树的冷杉，还是刺叶桂花，它们都是神圣、苍翠的树木。人们深信只要在家门口摆上带刺的刺叶桂花，坏人就无法进来。

每当季节变更，日本人总爱用刺叶桂花来装饰门口。日本人自古以来就十分相信"福在内"和"鬼在外"的说法，为了不让家中的福气跑到外面去，同时也为了不让外边的鬼跑进来，人们便选定刺叶桂花来装饰门口。

这种努力不让邪恶进家的愿望和欧洲没有多大的区别。

可见刺叶桂花同时又被赋予"保护你和你的家"的内涵。

石 蒜

悲伤的往事

花 的 故 事 · 花 语

　　由于石蒜有毒，而且它的花和血一般红，因此人们总把石蒜花看做是不祥之死的花，一般都不愿走近它。它的花语是缅怀死者——"悲伤的往事"。

　　石蒜在地下的球根很大，它的生命力极强，就是在贫瘠的土地里也同样能生长。石蒜的毒素全都在球根里，但只要好好用水泡，毒就能去掉。

　　在人们都忌讳石蒜，并远远避开它的时代，有一位老人却专门收集石蒜的球根，他把石蒜堆满了仓库。这位老人是个植物学家，同时也是一名官吏。有一年，当地连续发生了冻害和旱灾，老人管辖下的老百姓因为有了石蒜才得以避免一场饥荒——这是一个有趣的中国民间故事。

雏　菊

与你同心

雏菊是森林里的美女，是贝尔戴丝的化身。相传，天真烂漫的贝尔戴丝正在原野上尽情跳舞，突然，她被春神紧紧地抱在怀里。惊慌中她奋力挣脱，钻到地里变成了雏菊。据说雏菊的花姿和恐慌的贝尔戴丝十分相似。

花卜

　　用雏菊来占卜爱情的方法很简单：一边一片一片地掰着花瓣，一边说"爱我"、"不爱我"；如果想知道何时结婚或能否结婚，则念"今年"、"明年"或"早晚一定会"、"不结婚"。雏菊的花瓣很多，因此不能马上就算出结果来。

　　在春风拂面的原野上，也不知道有多少少女在用雏菊来卜测自己的未来。一旦心上人向少女表白爱情时，少女马上就会给他赠送雏菊，表示"与你同心"。

虞美人草

安慰

绝代佳人虞姬是楚王项羽的妃子。项羽与刘邦交战后败阵而四面受敌，这时他想让自己的战马带着爱妃逃出去，但战马怎么也不愿挪动一步，而虞姬也决心要与楚王共生死。

虞姬一边向楚王敬酒，一边翩翩起舞助兴。借舞剑的机会虞姬自刎了，接着项羽也死了，于是楚国灭亡。不久，虞姬的坟墓上长出了一种过去从未见过的植物，它开着红艳艳的花，人们便叫它虞美人草。这是一个真实的历史故事，京剧《霸王别姬》讲述的就是这个故事。

虞美人草在欧洲被叫做红杂草，它多半生长在麦田里，因此对欧洲的农夫来说，它只是荒芜麦田里的杂草而已。

向日葵

仅仅想看你

水精灵科丽醒深深地爱上了太阳神阿波罗。她每天从早到晚都站在同一地点仰望着天空，只是为了看到从东向西划破长空而去的英俊的太阳神。这样的日子持续了许多天。

后来科丽醒终于变成了向日葵，这便是直到今天向日葵仍目不转睛地紧盯着太阳的缘故——这本是人们所熟悉的希腊神话，但现在有学者却对它提出了质疑。这些学者认为，既然向日葵是哥伦布从北美带回欧洲的，而他发现北美大陆的时间是1492年，那么早期的希腊神话不可能有向日葵，可见科丽醒当时一定是变成了别的花。花就是这样充满了吸引力，它能引起人们的许多

联想。

爱斯基摩人的食物

北美的爱斯基摩人以向日葵为食，据说挖向日葵的根和烹调等都是妇女的工作。时至今日，向日葵作为食用植物已广为种植，葵瓜子、向日葵油等都是人们熟悉的食物。

秘鲁的黄金

过去在秘鲁，太阳神殿里的侍女都戴着一顶用黄金铸成的向日葵头冠和一枚针饰。后来西班牙人侵入秘鲁把所有的黄金都掠夺光了，这自然也包括那些头冠和针饰。因此现在在秘鲁，你无法看到向日葵的头冠和针饰是什么样的了。

花 的 故 事 · 花 语

风信子

体育运动，游戏

花的故事·花语

这是一个著名的希腊神话故事。

英俊潇洒的雅辛托斯深得太阳神阿波罗的喜爱，他们俩都喜欢体育运动，总爱在一起投掷铅球。有一天，雅辛托斯被铅球打中后当场昏倒，阿波罗抱着雅辛托斯哭泣着祈求"你千万不能死啊"，但雅辛托斯最终还是在阿波罗的怀中断了气。后来从雅辛托斯的血染过的地面长出一种花，阿波罗把它命名为比亚信斯（风信子的英文为 hyacinth）。据说阿波罗还在风信子的花瓣上写下了"啊！哀伤"几个字。

花语出自铅球，这一神话时代的体育运动至今仍是奥林匹克运动会的项目之一，它吸引着全世界的年轻人去拼搏、竞争。

九重葛

热情

　　每当看到花店里摆出盆栽的九重葛，人们就会自然地感到夏天到了。

　　九重葛是法国船长布庚比尤在南美发现的。它的树干高达 3 米，花盛开时就像一腔热情那样一发而不可收。其实它的花上有三片是带色的叶子，只有中间的一丁点才是真正的花。九重葛有极强的生命力，无论雨季还是旱季它都从未中断过花期。然而它却不能经受寒冷，不能忍受废气。笔者曾把一盆泰国友人赠送的九重葛放在阳台上，由于夜间的寒冷和汽车废气的污染，植株变黑后枯萎了。可见最适合九重葛生长的地方是阳光下的大自然，阳光给天空和大海带来宁静和温暖，而城市不是九重葛的理想去处。

凤仙花

别碰我

花的故事·花语

相传，从前在奥林匹斯宫殿里众神的餐桌上突然少了一个金苹果。

"准是她偷吃了呗。"

众神怀疑是一位年轻的女神偷吃了。

"我是清白的！你们可以切开我的肚子看看。"

这位女神叫喊着四处流浪鸣冤，后来变成了凤仙花。

凤仙花犹如故事里的女神，只要用手指轻轻碰它的果实，它就会自己裂开，并且把种子撒在地上。它的花有红、紫、白、黄等多种颜色，喜欢垂着头在阴凉处开花。这不禁会令人把它和被冤枉的女神联系起来。看着它的花姿，你会觉得它的确很可怜。也许它本来不应该是这样，它的理想或许是热热闹闹地撒种开花，为大自然增色添彩。

酸酱草

撒谎的人

　　酸酱草的果实悄悄地藏在橘黄色的花萼里，它的形状颇似小个的西红柿，可以食用，但因有苦涩味，所以没人愿意吃它。如果把果实中的小籽全都掏出来，它便能当哨子吹，然而遗憾的是现在已经没人愿意再玩这种玩具了。如今酸酱草主要用于装饰。

也许是由于酸酱草的形状和色泽流露出东方特有的神秘色彩，在英语中酸酱草叫做"中国灯笼"。在欧洲的神话故事中，便有描写妖精们手提用酸酱草做的灯笼在夜里行路的场面。"撒谎的人"也许是一个十分贴切的花语，因为虽然酸酱草的颜色和形状都很美丽，但它深藏在花萼中的小小果实除了皮就只剩下籽，一点用处也没有。

花的故事·花语

延命菊

梦中见到你

恋爱中的少女们喜欢在约会地点一边等待情人，一边抚弄延命菊。她们一片一片地掰着花瓣，嘴里说着"他来"、"他不来"，掰到最后一片时就可以得到答案。有时明明知道对方会来，但少女们还是要掰花瓣，可见等待的焦虑是多么令人难熬。

延命菊在英语中叫 marguerite，也许是希望女孩子像花一样美，欧洲国家里叫这个名字的女孩子特别多，但又略有不同，如在法国叫玛格丽特，而在德国则叫玛嘉瑞特。无论怎样，那洁白无瑕的花也很适合"6 月的新娘"用做头饰。

在基督教国家，每年 6 月 24 日的圣约翰日这天，人们总要向教堂献上延命菊，延命菊便成了向曾为基督·耶稣洗礼的圣约翰表示敬意的花。

月见草

无语之恋

　　月见草的花期是夏秋时节。它通常在黄昏前后开出深黄色的花，第二天拂晓就凋零了，正是这样使得月见草浪漫隽永，引人遐想。日本作曲家竹久梦二在《宵待草》中以独特的音乐塑造了一位美少女的形象，这个"宵待草"其实就是月见草。

葡萄酒的辅助香料

过去人们喜欢把月见草根泡到葡萄酒里,因为它的香味和葡萄酒本身的香味差不多,这样可以使酒更加甘醇。月见草看上去似乎显得比较脆弱,其实它有着很强的生命力,如今在日本还能看到野生的月见草。它的花语出自它那夜里悄悄开花,然后又默默枯萎的特点。也许这种藏在心中的无语之恋要比那絮絮叨叨的爱更有分量。

花 的 故 事 · 花 语

万寿花

妒忌

　　古时候，有一位中国的医生在梦中见到一个花精。头戴金冠的花精对医生说：

　　"你到春天的原野上把那金色的花摘回来，花煎煮后就可以医治百病了。"

　　这位医生醒来后马上到原野去寻找那金色的花。这花果真有效，许多病人都得到了康复，医生也因此广为

人们尊敬。

　　花精所说的花就是万寿花，它属于菊科类。本来花也可当茶叶用，但经过改良后，现在人们只是欣赏其花而已。虽然尚不知为何"妒忌"成了它的花语，但总的来说，人们不大喜欢黄色的花，并且也总爱给它们配上不好的花语。万寿花也许就是一个例子。

花的故事·花语

七叶树

铺张奢侈

还没到夏天，七叶树的枝头上就开满了白色的花。日本作家岛崎藤村在巴黎目睹七叶树那壮观的场景后曾经写到，那枝繁叶茂的七叶树宛若"一根根耸立的白色蜡烛"。在人们的眼里，它那伸向天空的高大的树枝，还有那向四方尽情蔓延的花枝，十分像是一个花钱不受限制的阔太太。

七叶树也结果，果实的外形似栗子，但没有栗子那么甜，它带有强烈的苦涩昧，因此一般人们都不食用。由于过去用它来喂马，因此英语中七叶树也叫"马栗子"。这名字实在很难让人把它和花联系起来。

　　七叶树与橡树同科，多半在山区开花结果。它的花有白色的，还有娇艳动人的粉红色的。它的花语"铺张奢侈"也许来自七叶树那夸张的外形。

花 的 故 事 · 花 语

曼德拉草

恐怖幻觉

曼德拉草的形状酷似人体，它的树枝像是人伸展开的手脚，叶子则像人的头发，而它那黑紫色的花绽开时就像是在警惕地注视着四周的动静。也许是由于曼德拉草的外形太神奇的缘故，有关它的故事或传说也特别多。

魔女的草

曼德拉草的根部能显示出一般人的眼睛看不到的东西，因此魔女时常用它来施魔。在法国，曼德拉草被叫做魔女草。

曼德拉草的药用功能很多。它可治人和家畜的不育症，此外还可抑制呕吐、拉肚子，同时也可作为春药或

安眠药来使用。

　　过去采曼德拉草都是用狗来拔，曼德拉草离开地下时总要悲鸣一声，而狗也常常被那悲鸣声吓死。为了掩盖那揪心的悲鸣，人们往往要在一旁吹喇叭。花语"恐怖"就是从这里来的。但另一方面，人们又认为只要有曼德拉草根，人就能幸福。

　　曼德拉草含有麻痹人的神经的成分，因此过去也有人用它来制成毒药，当然它对人大脑的麻痹作用是短暂的，并不使人致死。此外，它那诡异的形状和花妖艳的颜色一定也使人产生过许多"幻觉"。最令人感到不可思议的是曼德拉草的红色果实，它散发着宜人的芳香。

紫　珠

开朗聪明

在秋天的原野上或山道旁，你是否看到过结着光滑艳丽的紫色小果的植物？那果实不大，树高也不过 1 米，可能一疏忽就会被漏掉。那就是紫珠，它默默地辛勤工作，在 6 月里开出深紫色的花，却要到秋天才结出果来。

不知是谁起了"紫珠"这么一个花名，于是它的花

语便与这位写出了古典文学名著的女作家有关。

　　光源氏，桐壶，空蝉，夕颜，若紫，浮舟……只要回想一下《源氏物语》中那些形形色色的人物，就仿佛置身于遥远的古代。因此作为服饰，紫珠只适合于过去的宫廷古装，现在的西裙或是留短发的人都不适于用它。

花 的 故 事 · 花 语

银　桂

高贵的清白

花的故事·花语

　　银桂花的形状可爱得就像小星星一样。虽然它不太显眼，但每到秋天人们常常会说："啊，银桂花开了。"这倒不是人们看到了花，而是花的芳香提醒了人们。只要顺着花香去找，就能看到开着小白花的银桂。

　　桂花有黄、白两种颜色，黄花叫丹桂，白花叫银桂，它们都来自中国。

银桂白兰地

如果把刚开的银桂花摘下来放到白兰地酒里，那么白兰地就会充满银桂花的芳香。据说古时候中国的美女们在和情人见面前喜欢用银桂花泡的酒漱口，这样说话时口中就充满了花香，可见那时人们就懂得用银桂花泡酒了。即便是现在，商店里仍买不到这种酒，如果想喝，就只有自己泡了。

花 的 故 事 · 花 语

✿花的专栏 6

赠 花

花
的
故
事
·
花
语

　　如果每年在自己心爱的人过生日时都能按他（她）的年龄赠送相应的玫瑰花，那该有多好啊！如果有人给自己如此这般地送花，那多么幸福啊！在这个世界上再也没有比赠花和被赠花更浪漫的事情了。

　　大朵而又昂贵的花固然很好，但假如赠花人并非真心实意，那也是枉然。如果饱含着真情，哪怕就是一朵玫瑰、一枝康乃馨，或是路旁的蒲公英也是最好的礼物。用铝箔把已被湿纸巾裹上的根部包扎起来，再系上飘带就是一束带着一份爱心的花。

　　秋天，可以把从公园里拣来的银杏和橡子包好送人，也可把自己院子里的紫苏或花椒籽送给来吃晚饭的客人，这也许是很酷的举动呢！如果花上点时间，把自己从球根培育起来的郁金香或百合花连花盆一起作为生日礼物送给自己喜欢的人，他（她）也许一辈子都不会忘记这件事。当然在花店里买的也行，但如果自己再加工一下，并在里面加上"只有我才能做得到"这一点小创意，那岂不是更好？

　　赠花时要先把花语弄清楚，否则往往事与愿违，甚至会把与愿望完全相反的花语的花送出去。

花的故事·花语

木 兰

壮观

4 月底开花的木兰是由中国传入日本的，它总是在晴朗的天空下随风摆动。在英语中木兰有许多名字。木兰花内侧有深紫和白两种颜色，并且香味很浓。因为木兰树高约 10 米，所以人们无法窥视那深紫色的花的内侧。而白木兰花无论是内侧还是外侧都是白的，举目望去，

好不壮观。

木兰色

　　木兰的花形近似兰花，因此古人才给它取了"木兰"这个花名。木兰的皮可做染料，那种黄中带红的染料就叫木兰色，然而奇怪的是木兰树是茶色的。究竟是谁最先发现它能染成那暖人视觉的颜色的呢？每每看到木兰色，笔者都不禁要思考这个问题。

花 的 故 事 · 花 语

蓝芙蓉

你照亮了我的心房

蓝芙蓉多半开在玉米地里，因此在欧洲它被叫做玉米花。它那蓝色是一种深邃而又柔和的蓝，很难用语言来描述，连蓝宝石当中最高级的一种也叫"玉米花蓝"，由此可见蓝芙蓉的蓝是何等的高贵。

皇帝之花

在拿破仑的围攻下，不得不逃出柏林的德国皇后路易斯和几个年幼的王子躲藏到了玉米地里。王子们因害怕会被发现而吓得胆战心惊，为了使他们镇定下来，皇

后用蓝芙蓉做了一顶头冠。那蓝蓝的花打动了王子们，于是大家都做起花环来，不知不觉中忘记了身边的恐怖。

后来，在玉米地里盛开的蓝芙蓉便成了皇帝的花。做了德国皇帝的威尔汉姆（Wilhelm）把这曾给路易斯皇后和王子们留下美好回忆的花定为国花。

笔者想，王子们当时看到花心里豁然开朗，而皇后路易斯望着愉快的孩子们也一定感到很欣慰。

不用眼镜

法国人相信蓝芙蓉可以治疗眼病。可能是花的颜色使人想起了明亮的碧眼吧，"不用眼镜"就成了蓝芙蓉的小名。

男儿节鲤鱼旗的风车

玉米花在日本叫风车菊，也叫风车草，大概取自5月晴朗的蓝天下充满欢乐气氛的鲤鱼旗的风车。

椰 子

繁荣

椰子的种类很多。南国的人们常说的"只要院子里种上一棵就不用愁了"，指的是那种结大果实的椰子树。椰子只要在地上放置 5 年，它就会生长成树，结出象征着"繁荣"的果实来。

椰子里满是甘甜爽口的椰子汁，它那白嫩的椰子肉也是上等的食品。从干燥后的椰子肉中提炼出来的椰子油是黄油和香皂的主要原料。此外，椰子树干可做门柱，椰子叶可盖屋顶，椰子树皮还可做垫物或纺织成布；椰子树干亦可烧成上等的炭，并且烧过后还可以当做活性炭来净化水质或消除臭味。所以说椰子树是很有用的树木。

棣 棠

优雅脱俗的美

从前，有一对心心相印的情人，他们约定一生一世都不分离。然而有一天他们却不得不分开了。为了不忘记对方的音容笑貌，他们都把对方的身影留在镜子里。

后来从两人埋下镜子的地方长出了一种草，这就是棣棠，也有人叫它面影草或镜草。在《万叶集》和许多

歌里都吟唱到面影草。

日本著名的歌人太田道权年轻时有一次外出采风，途中遇到大雨，他到一户人家借雨具，不料出来一位少女用《万叶集》里的和歌唱到：

"花花茂密七八层，棣棠无果煞愁人。"姑娘用"棣棠无果"来暗示家中清贫如洗，没有雨具可以出借，歌人被少女那优雅脱俗的气质深深打动。这个逸事至今仍广泛流传。

花的故事·花语

葫芦花

夜色

　　天黑以后，在茫茫黑夜里开着像小灯一样柔和的白花的就是葫芦花。那静悄悄的花影给人一种胆小怕事的感觉，因此它被认为是"靠不住"的花，这和朝气蓬勃的牵牛花正好形成鲜明的对比。

　　然而葫芦花却能结出很大的葫芦来，葫芦可以当菜

花 的 故 事 · 花 语

吃。人们最熟知的就是紫菜寿司里的葫芦干了，葫芦干是将葫芦晒干后切成丝得来的。

曾记得过去听人说："那就是葫芦田。"放眼望去，看到了满地的葫芦，其数量之多令笔者十分惊讶。

葫芦花的花语是"夜色"，这只能和葫芦花有关，不可能和葫芦干扯到一起。

花的故事·花语

珍珠绣线菊

撒娇使性子

过去，女孩子们喜欢玩过家家儿。在春日融融的日子里，她们把满地的珍珠绣线菊当做米饭，把"米饭"盛到用树叶做的碗里。那小而白的花瓣的确很像米饭。

在希腊，珍珠绣线菊叫做花环。这是因为它的花枝非常柔软，卷曲起来正好可以戴在手腕上。

然而现在已经看不到女孩子把珍珠绣线菊当做"米饭"来过家家儿，也很难再见到她们用它来做手镯了，任凭它怎样撒娇使性子，都不再有人想跟它玩耍了。每到春天，当珍珠绣线菊把它那洁白的花瓣散落到地上时，似乎在低声说："看我一眼吧，像过去一样来和我玩吧。"

百合花

纯洁（白色），虚伪（黄色），珍奇（粉红色）

　　当天使布里艾尔宣布圣母玛丽亚已经怀有身孕时，他赠送给圣母的花就是百合。不久基督·耶稣出世了，从那时起圣母玛丽亚就十分喜爱白色的百合花，由此百合花便成了新娘们用来做头饰的花。

　　百合花在遥远的古代就有了。相传，百合最先是从夏娃的眼泪撒落的地面上长出来的。当然，其他的说法还有很多，如俄罗斯民间传说则认为百合是高加索地区的一位少女变成的，而且一个暗恋少女的小伙子变成了滋润它的雨水后，它才得以生长。

法国的国花

5世纪前后的法国，诸侯割据，内战连绵。后来墨洛温国王克洛维征服了其他小国，建立了法兰克王国，国王的徽章就是3枚百合。徽章一直传到路易王朝，百合也一直是法国的国花。直到法国大革命后贵族统治被推翻，作为国花的百合自然也就被废止了。

女英雄的百合

英法百年战争末期，为法国浴血奋战的"奥尔良姑娘"冉·达克，16岁就率军作战并屡建功勋，于1429年从英军手中收复了奥尔良，成为法兰西民族的女英雄。印在姑娘战旗上的就是百合。当时的战旗至今仍保存在奥尔良市，每逢5月8日的冉·达克节，奥尔良市都要高高地升起一面印着4枚白色百合的旗帜。

紫丁香

青春的喜悦（白色），喜恶多变（紫色）

　　芬芳的紫丁香在法语中叫丽拉，它是报春的花。每当在花店里看到那些成串成串挂满枝头的小白花，你会感到春天来了，便情不自禁地想买下来。情人节里笔者曾给一位老朋友送巧克力，他回送了一束紫丁香，这成了笔者难忘的礼物。

　　紫丁香最顶端一般只有 4 小股，偶尔也有 5 股的。

如果看到分为 5 股的紫丁香应该悄悄地把它吞下去，据说这样你所爱的人将永远属于你，并且你们将会永远幸福地生活在一起。

　　紫色的花过去在欧洲是解除婚姻时用的，因此不少女士视紫色为不祥的颜色。

花的故事·花语

薰衣草

回答我的问题

薰衣草不高，还未齐人腰。它小小的花呈紫色，一点也不起眼，但那浓郁的芳香却能随风远飘他乡。

薰衣草茶和香袋

薰衣草有调节身心，解除疲劳的效用。古时候人们用它泡的水洗浴完后再喝上一杯薰衣草茶，便可消除疲

劳，安然入睡。

　　把干燥后的薰衣草装袋后放到衣柜里可预防虫蛀。将薰衣草香袋挂在门的拉手上不仅可以防虫，而且它的芳香还能使人感到心旷神怡；也有人在夜里入睡前将它塞到枕头底下，美美地睡上一个安稳觉。

花的故事·花语

兰　花

热烈

　　据说兰花的种类达 12000 种之多。其中最昂贵的是
卡特来兰，它是豪华奢侈的象征。如果赠人一束卡特来
兰，无异于在对人家说"你最漂亮"。

　　其他品种如石斛兰，中心白色，花瓣紫色，形似羽
毛；还有那密密地开着黄色小花的金色兰等等，都是人
们早已熟知的种类。在花店常能看到花商把带紫色花斑
的翡翠兰，以及那花小得简直让人不敢相信也是兰花的
艾皮丹兰（英语为 epidendrum）等做成剪花后摆在店里。

花 的 故 事 · 花 语

人们往往认为兰花价格昂贵，是一种奢侈的花。其实不然。兰花经久结实，且开花时间长久，因此还是很划算的。

泰国王妃的花

人们根据兰花的不同形状，给它们起了许多不同的名字，诸如石斛兰、翡翠兰、翁心橘兰等等。其中最为有名的是形大色白的卡特来兰，在泰国，人们用泰国王妃的名字给它冠名。

兰花是泰国的国花。泰国航空公司别出心裁地向女乘客赠送装饰用的小兰花。笔者把在返回日本的班机上得到的兰花放到水里让它飘浮，没想到整整过了 10 天它依旧青翠欲滴，婀娜多姿。笔者每次从泰国回来都要在机场的花店里大量采购兰花，每箱都装上 50 来枝才肯罢休。行李虽然多了点，可这是送人的最好的礼物。

苹　果

诱惑

花 的 故 事 · 花 语

　　亚当和夏娃在伊甸园时，众神严禁他们偷吃的东西只有一样——苹果。然而越禁止，他们就越想试试。终于，在蛇的引诱下他们偷吃了禁果。

　　不巧，正当他们吃果时却被众神看到了，慌乱中他们急忙把苹果吞下去。于是苹果卡在亚当的喉咙里变成

了喉结，卡在夏娃的胸口上则变成了乳房。后来两人被惩罚而赶出伊甸园，并开始了他们在地上的生活。

作为亚当和夏娃的子孙，大人们却要求我们"每天吃一个苹果"，这当然是人间的苹果。苹果在 5 月开出白色的花，到秋天就能结果。它是维生素的宝库，不仅能帮助消化，而且还能使皮肤细嫩柔软。因此对女孩子来说，苹果尤其重要。

花 的 故 事 · 花 语

龙　胆

喜欢伤感的你

　　龙胆在秋天开出深紫色的花。之所以叫龙胆，意思是"像龙胆一样苦"，这听上去像个纯东方的名字，其实它遍布全世界。阿尔卑斯山上的龙胆一直是登山者所向往的目标，它悄悄地开在高山上，具有无限的魅力。它的神情颇似伤感的美少女，也许因此人们才都想看它。

药用的龙胆

早在古埃及时代，我们的祖先就知道龙胆根可药用。在奎宁出现以前，龙胆一直都是用来治疟疾的特效药。此外龙胆还是生产啤酒的原料。

直到今天，干燥的龙胆煎煮后还可起安定精神的作用，它的根部含有可治胃病的成分。

花的故事·花语

紫云英

见到你，我的烦恼消失了

　　春夏之间，每当看到地上的紫云英像摊开的布巾一般密密匝匝地开着浅红色的花时，总会有几分感动。孩提时摘紫云英玩耍的往事至今仍记忆犹新。即使是现在，只要一看到紫云英，成人的种种烦恼和寂寞便顿时消失。

　　紫云英还有一个俗称叫做"羊奶草"。每当秋收完毕，只要在田里撒下紫云英的种子，一到春天它就会长

花 的 故 事 · 花 语

成牧草，牛羊吃了以后可增加奶量。

紫云英蜜

蜜蜂喜欢在各种花上采蜜，其中紫云英的蜂蜜是最好的。它口感宜人，芳香浓郁，具有极高的营养价值，因此购买蜂蜜最好选购紫云英的蜂蜜。

花的故事·花语

月桂树

荣光

　　爱神丘比特玩耍时一箭射中了太阳神阿波罗，于是阿波罗爱上了森林中的美女达佛涅。一天，他追赶达佛涅，达佛涅拼命逃跑，最后变成了月桂树，而那头美丽动人的金发变成了芳香醉人的叶子。从此，阿波罗便总爱戴着用月桂树做的头冠。

香料

从古代起人们就用月桂树来作烹调的香料，它与点心一道吃可以使人精神倍增。据说有人爱把月桂叶子洗净后生吃。我们现在烹调时主要是用干燥的月桂，如煮鱼时用它可消除腥味，增加柔润温和的香味。月桂是香料中的至宝。

花 的 故 事 · 花 语

勿忘我

别把我忘了！

花
的
故
事
·
花
语

从前，在德国的一个小镇里，住着一位姑娘和一位英俊威武的骑士。

一天，两人在河畔互诉衷情的时候突然看到了远处石山上的勿忘我。"我要摘下那束勿忘我献给姑娘，"骑士心想。于是他便爬上山去采那蓝蓝的花，但不幸脚底一滑，他掉到了水流湍急的河里。

"别把我忘了呀！"

骑士被急流卷走了，却把花留在岸上。"别把我忘了"成了他留给姑娘的最后一句话。从此姑娘每天都把花戴在身上，并时常重复骑士在急流中的最后那句话。

花语中再也找不到比勿忘我的花语更贴切的了，那比天还蓝，与姑娘的眼睛颜色相同的花仿佛在低声细语地祈求人们"别忘了"他们两人的爱。而勿忘我的英语名称与意思完全相同：forget me not！

花的故事·花语

地　榆

我仰慕你

　　地榆多半在夏天快过去时才开花，它的花呈深红色，开在细长的枝干上。它喜欢在原野里开放，因此知道它名字的人并不多。

　　地榆在日语中叫"吾亦红"，好像是在告诉人们"我也是红色的花哟"，同时亦仿佛在鼓励那朴实无华的花萼

・ 194 ・

去取代已经凋零的花瓣。它的花语恰似少女喜欢某人时
那欲言又止、腼腆羞涩的神情。

中药

在中药里地榆的根部历来是消除身体疲劳的良药。

花 的 故 事 · 花 语

世界的国花

美国	玫瑰	加拿大	枫树
英国	玫瑰	韩国	木槿
英格兰	玫瑰	瑞士	火绒草
苏格兰	蓟	中国	梅花（未定）
爱尔兰	白车轴草	北朝鲜	李子树
威尔士	黄水仙	土耳其	郁金香
以色列	橄榄	日本	樱花、菊花
意大利	雏菊	挪威	石楠
伊拉克	玫瑰	匈牙利	郁金香
印度	荷花	巴西	兰花
埃及	睡莲	马来西亚	木芙蓉
澳大利亚	洋槐	摩纳哥	康乃馨
奥地利	火绒草	罗马尼亚	玫瑰
荷兰	郁金香	黎马嫩	黎马嫩杉树

✳花的专栏 12 个月花的历

1 月份的花历

1 日	雪花莲	愉快的喜讯，发友
2 日	黄水仙	回想
3 日	藏红花	切勿使用过度
4 日	风信子（白）	体育运动，游戏
5 日	樟木细辛	优雅
6 日	紫罗兰（白）	诚实，节制
7 日	郁金香（白）	失去的爱
8 日	紫罗兰（紫）	诚实，节制
9 日	紫罗兰（黄）	诚实，节制
10 日	黄杨	真实
11 日	金钟柏	怜悯
12 日	荠菜	献身
13 日	水仙	自以为是，过分的自恋
14 日	报春花	内向，害羞
15 日	梅花	忠实，气度
16 日	风信子	体育运动，游戏

花的故事·花语

17 日 酸梅　　　　　　爱情

18 日 浮钓木　　　　　才能

19 日 松树　　　　　　长生不老

20 日 毛茛　　　　　　良计上心

21 日 常春藤　　　　　永远爱你

22 日 南天星　　　　　爱的烦恼

23 日 宽叶香蒲　　　　敏捷

24 日 藏红花　　　　　切勿过度使用

25 日 耳菜草　　　　　耐久力

26 日 含羞草　　　　　敏感

27 日 七度灶　　　　　只要在一起就安全，当心

28 日 白杨　　　　　　勇气

29 日 金橘　　　　　　回想

30 日 立金花　　　　　一如既往的想法

31 日 藏红花　　　　　切勿过度使用

花
的
故
事
·
花
语

2月份的花历

1日	樱草	早春的悲哀
2日	木瓜	热情
3日	结籽花	增加
4日	樱草（红）	早春的悲哀
5日	羊齿	迷惑
6日	莲花	诚实的爱
7日	勿忘我	别忘了我
8日	虎耳草	深深的爱情
9日	银梅花	变化
10日	瑞香	不死，温柔的树木
11日	山薄荷	效率
12日	水杨	直率
13日	草吉花	命运
14日	母菊	重归于好
15日	雪松	壮实
16日	月桂树	荣光
17日	蚕豆	向往
18日	毛茛	永远开朗

花的故事·花语

花
的
故
事
·
花
语

3 月份的花历

1 日　水仙（重瓣）　　　　自以为是，过分的自恋

2 日　毛茛　　　　　　　　名声

3 日　丁香　　　　　　　　永远是品位高雅的人

4 日　木莓　　　　　　　　幸福的家庭

5 日　矢车菊　　　　　　　优美

6 日　雏菊　　　　　　　　与你同心

7 日　水田芥　　　　　　　隐藏不露的才能

8 日　栗子　　　　　　　　办事请公平些

9 日　落叶松　　　　　　　同情

10 日　荨麻　　　　　　　　危险

11 日　菊苣　　　　　　　　朝气蓬勃

12 日　白杨　　　　　　　　时间

13 日　野萱草　　　　　　　健忘

14 日　扁桃　　　　　　　　愚昧，永恒的善良

15 日　毒胡萝卜　　　　　　要我的命

16 日　薄荷　　　　　　　　的确有效

17 日　扁豆　　　　　　　　愉快

18 日　龙须菜　　　　　　　永远不变

花的故事·花语

19日　栀子　　　　　　　带来喜悦

20日　郁金香　　　　　　体贴

21日　樟木细辛　　　　　信任你

22日　棉葵　　　　　　　母爱

23日　唐菖蒲　　　　　　常备不懈

24日　花菱草　　　　　　快来呀

25日　黄连　　　　　　　分身

26日　樱草（白）　　　　早春的悲哀

27日　蒲包花　　　　　　假面具

28日　洋槐　　　　　　　精神恋爱，高雅

29日　牛蒡　　　　　　　耍赖强求

30日　金雀花　　　　　　清洁，谨慎

31日　阿尔斯托花　　　　异国情调

花的故事·花语

4 月份的花历

1 日　扁桃　　　　　　愚昧，永恒的善良

2 日　桂莲花　　　　　牺牲，耐心等待

3 日　黄水仙　　　　　回想

4 日　桂莲花（红）　　妒忌的牺牲品，忍耐中的等候

5 日　无花果　　　　　多产，款待

6 日　侧金盏花　　　　带来幸福

7 日　铁线蕨　　　　　爱的到来

8 日　金雀花　　　　　清洁，谨慎

9 日　樱花　　　　　　有益的教诲

10 日　长春花（白）　　友情

11 日　白术　　　　　　温和

12 日　桃花　　　　　　我是你的俘虏

13 日　野菊　　　　　　永远的思念

14 日　牵牛花（白）　　变幻无常的爱，与君结缘

15 日　白山千鸟兰　　　信赖

16 日　郁金香（杂）　　美丽的眼睛

17 日　西洋燕子花　　　喜讯，恋爱的信号

18 日　紫云英　　　　　见到你我的烦恼消失了

花的故事·花语

花
的
故
事
·
花
语

5月份的花历

1 日　樱草（黄）　　　　早春的悲哀

2 日　毛茛　　　　　　　妙计上心

3 日　蒲公英　　　　　　离别

4 日　草莓　　　　　　　幸福的家庭，先见之明

5 日　铃兰　　　　　　　幸福回转

6 日　洋紫罗兰　　　　　同情

7 日　草莓　　　　　　　幸福的家庭，先见之明

8 日　睡莲　　　　　　　清纯的心

9 日　八重樱　　　　　　有益的教诲

10 日　燕子花　　　　　　喜讯，恋爱的信号

11 日　苹果　　　　　　　诱惑

12 日　紫丁香（白）　　　青春的喜悦

13 日　山楂　　　　　　　天真的希望

14 日　耧斗花　　　　　　恶作剧

15 日　勿忘我　　　　　　别把我忘了

16 日　伞花山柳菊　　　　是非颠倒

17 日　郁金香（黄）　　　无指望的爱

18 日　樱草　　　　　　　早春的悲哀

花 的 故 事 · 花 语

205

花的故事·花语

6 月份的花历

1 日	玫瑰（红）	爱
2 日	耧斗草（红）	越发不放心
3 日	亚麻	感谢
4 日	玫瑰（红）	爱
5 日	万寿菊	妒忌
6 日	黄菖蒲	断念
7 日	朝雾草	涌上心头的往事
8 日	茉莉花	我跟着你
9 日	甜豌豆	敏感纤弱，离别
10 日	红瞿麦	你得赶紧！天真
11 日	百合（红）	纯洁
12 日	木樨草	深藏不露的才能
13 日	毛地黄	热爱
14 日	海绿	可爱
15 日	康乃馨（红）	冤家对头
16 日	夜来香	危险的取乐
17 日	三叶草	我可以许愿
18 日	百里香	活力

花 的 故 事 · 花 语

花
的
故
事
·
花
语

7月份的花历

1日	龙须海棠	勤俭
2日	金鱼草	假定，恐怕不行
3日	婴粟（白）	沉睡
4日	木兰	壮观
5日	薰衣草	回答我的问题
6日	向日葵	我只看你
7日	洋醋栗	要是讨厌我，我就去死
8日	荷花	疏远了的爱
9日	长春的老鹳草	敬爱
10日	合欢树	有魅力的人
11日	天蒜兰	复苏的爱
12日	龙葵	真实
13日	野草	管用
14日	藏红花	切勿使用过度
15日	玫瑰	爱
16日	洋紫罗兰	同情
17日	玫瑰（白）	我和你很般配
18日	摩斯玫瑰	朴素无华的美

花的故事·花语

19 日	鸡冠花	赶时髦，装腔作势
20 日	梨花	真实
21 日	玫瑰（黄）	让我们忘掉过去的一切
22 日	红瞿麦	你得赶紧！天真
23 日	玫瑰	爱
24 日	延龄草	约会的许愿
25 日	接骨木	妒忌，怜悯
26 口	洋艾	苦涩的悲伤
27 日	老鹳草	虚伪
28 日	红瞿麦	你得赶紧！天真
29 日	仙人掌	伟大，炎热
30 日	菩提树	稳健
31 日	南瓜	宽广，硕大

花 的 故 事 · 花 语

8月份的花历

1 日	罂粟（红）	安慰
2 日	蓝芙蓉	您照亮了我的心房
3 日	木槿	永不乏味的美
4 日	玉米	财富，洗练洒脱的美
5 日	石楠	孤独
6 日	凌霄	名声
7 日	石榴	愚昧无知
8 日	杜鹃花	热情，谨慎
9 日	西斯塔丝草	惦记
10 日	合欢树	欢喜
11 日	老鹳草（叶）	呼唤回来
12 日	夹竹桃	警惕，危险
13 日	费菜	等待着你
14 日	子规草	旅行家的喜悦
15 日	向日葵	我只看你
16 日	罗望子	永恒的乐趣
17 日	鹅掌楸	等待难熬
18 日	蜀葵	野心

花的故事·花语

花
的
故
事
·
花
语

9 月份的花历

1 日	卷丹	开朗
2 日	葫芦	夜色
3 日	延命菊	梦中见到你
4 日	萝卜	洁白
5 日	金缕梅	咒文
6 日	旱金莲	恋爱之火
7 日	橘子	结婚的祝福
8 日	芥菜	毫不关心
9 日	金盏菜	永远
10 日	翠菊（白）	变化
11 日	芦荟	悲伤
12 日	铁线莲	阴谋，贫弱
13 日	柳树	自由
14 日	榅桲树	诱惑
15 日	大丽花	华美高贵，不安定
16 日	龙胆	喜欢感伤中的你
17 日	石楠	孤独
18 日	蓟	独立，怨言家

花的故事·花语

花 的 故 事 · 花 语

10月份的花历

1日　菊花（红、白）　　　　爱你，真实

2日　杏子　　　　　　　　疑惑，不屈不挠的精神

3日　红叶　　　　　　　　温和

4日　蛇麻草　　　　　　　希望

5日　椰子　　　　　　　　繁荣

6日　榛木　　　　　　　　完全吻合

7日　冷杉　　　　　　　　时间，真实

8日　芹菜　　　　　　　　宴会，晚宴

9日　茴香　　　　　　　　赞美

10日　香瓜　　　　　　　甜美

11日　日本千屈菜　　　　悲哀

12日　酸果蔓　　　　　　医治心病

13日　粉花绣线菊　　　　无益，孝敬父母

14日　菊花（红、白）　　爱你，真实

15日　紫苏　　　　　　　憎恨

16日　摩斯玫瑰　　　　　质朴的美

17日　葡萄　　　　　　　慈善

18日　酸果蔓　　　　　　效力

19 日	凤仙花	别碰我
20 日	麻	命运，必需品
21 日	蓟	独立，怨言家
22 日	山慈姑	寂寞何所惧
23 日	朝鲜牵牛花	改装，人工的造作
24 日	洋李子	忠实
25 日	枫树	许愿
26 日	马鞭草	魔法，迷惑
27 日	野玫瑰	爱
28 日	木槿	信念
29 日	苹果	诱惑
30 日	大种半边莲	不变的爱
31 日	水芋	文雅的少女

花的故事·花语

11 月份的花历

1 日	欧植树	有可能性
2 日	羽扁豆	永久幸福
3 日	埔利奥黎芽	灿烂的心
4 日	常绿羊齿	诚意的安慰
5 日	龙须海棠	懒惰
6 日	泽兰	美丽的客人
7 日	万寿菊	妒忌
8 日	仙翁花	头冠，名誉
9 日	野生胡萝卜	正确
10 日	木芙蓉	新鲜别致的名誉
11 日	山茶花（白）	节制，奢侈的打扮
12 日	柠檬	浓香
13 日	香木	永恒的誓言
14 日	冷杉	时间，真实
15 日	金胡枝子	内向
16 日	圣诞玫瑰	中毒
17 日	款冬	看着我
18 日	天香百合	不可骗人

花的故事·花语

19 日	小连翘	迷信
20 日	牛舌草	满足
21 日	紫斑风铃草	忠实，正义
22 日	蛇不登小檗	性情古怪
23 日	羊齿	暧昧，神秘
24 日	野东忍	今日的幸福
25 日	野漆树	真心
26 口	欧蓍草	安慰悲伤情绪
27 日	盐肤木	信心
28 日	翠菊	变化
29 日	千里光	人爱
30 日	枯叶	忧郁，纤弱

花的故事·花语

12 月份的花历

1 日	艾菊	愉快的旅行
2 日	绿苔	母爱，温柔
3 日	薰衣草	回答我
4 日	酸模	爱情，接吻
5 日	一品红	祝福
6 日	虎耳草	叫板
7 日	蕨菜	心高气傲的孤独者，不可思议
8 日	芦苇	音乐，后悔
9 日	菊花	爱你，真实
10 日	山茶花	节制，奢侈的打扮
11 日	龙须海棠	俭约
12 日	棉花	敏感
13 日	菊花（红）	爱你，真实
14 日	松树	长生不老
15 日	瑞香	不死，温柔的树木
16 日	赤杨	经久不衰
17 日	玉蝶梅	绝世佳人
18 日	鼠尾草	一切都好

花 的 故 事 · 花 语

花的故事·花语

后　记

　　我是在读初中一年级时第一次听到"花语"一词的。那是上英语课时老师在黑板上写下"FORGET ME NOT"——多么富有魅力的花语啊。那天放学后我独自一人到花店去找勿忘我。

　　然而在花店里是买不到勿忘我的。正因为它总是默默地开在原野的角落里，才具有那永远留在人们心间"别忘了我"的魅力。从此，我开始大量阅读有关花卉的书籍，并在阅读中发现，花语并非都是统一的，这确实令人费解。譬如白玫瑰的花语，A 书说它是"纯洁高雅"，然而在 B 书里它却成了"懒惰之心"。

　　为写这本书，我参考了好多有关花语的书籍。同样，本书中的花历也是灵活可变的。如果过生日时别人送了因花语不好而不太喜欢的花，那么你也可给花想出一个更好的花语来。把心爱的人赠送的花定为自己的花，并为它想出一个恰如其分的贴切花语，这无疑也是对花的欣赏

花的故事·花语

方式之一。总而言之，花语并不是那种能立竿见影地把人马上包装起来的知识，而是能够使你的心灵更加温柔丰富的一种养分。

花 的 故 事 · 花 语